Ottawa, P.Q.

Les Éditions du Vermillon remercient
le Conseil des Arts du Canada,
le Conseil des arts de l'Ontario,
la Municipalité régionale d'Ottawa-Carleton
et le Ministère du Patrimoine canadien.

 Patrimoine canadien   Canadian Heritage

Données de catalogage avant publication (Canada)

Taillefer, Jean,
  Ottawa, P.Q. : roman

(Romans)
Comprend des références bibliogaphiques.
ISBN 1-895873-90-8

  I. Titre. II. Collection

PS8589.A3297087 2000   C843'.6   C00-900197-2
PQ3919.2.T34087 2000

Les Éditions du Vermillon
305, rue Saint-Patrick
Ottawa (Ontario) K1N 5K4
Téléphone : (613) 241-4032   Télécopieur : (613) 241-3109
Courriel : editver@magi.com
Site Internet : http:/francoculture.ca/edition/vermillon

Diffuseur
Prologue
1650, Lionel-Bertrand
Boisbriand (Québec) J7H 1N7
Téléphone : (1-800) 363-2864 (450) 434-0306
Télécopieur : (1-800) 361-8088 (450) 434-2627

ISBN 1-895873-90-8
COPYRIGHT © Les Éditions du Vermillon, 2000
Dépôt légal, premier trimestre de l'an 2000
Bibliothèque nationale du Canada

Tous droits réservés. La reproduction de ce livre,
en totalité ou en partie, par quelque procédé que ce soit,
tant électronique que mécanique, et en particulier
par photocopie, par microfilm et dans Internet,
est interdite sans l'autorisation préalable écrite de l'éditeur.

JEAN TAILLEFER

OTTAWA, P.Q.

ROMAN

Vermillon

AVERTISSEMENT

Bien que certains passages de ce livre se rapportent à des faits vécus, il s'agit d'abord et avant tout d'une œuvre d'imagination. Sauf indication contraire, toute ressemblance avec des personnes vivantes ou décédées n'est que pure coïncidence. Les notes en bas de page et les notices bibliographiques identifient les personnages réels et les faits qui ont inspiré l'ouvrage.

*En hommage aux familles qui,
chassées de la très francophone
basse-ville d'Ottawa par les
bulldozers dans les années soixante,
parlent encore français.*

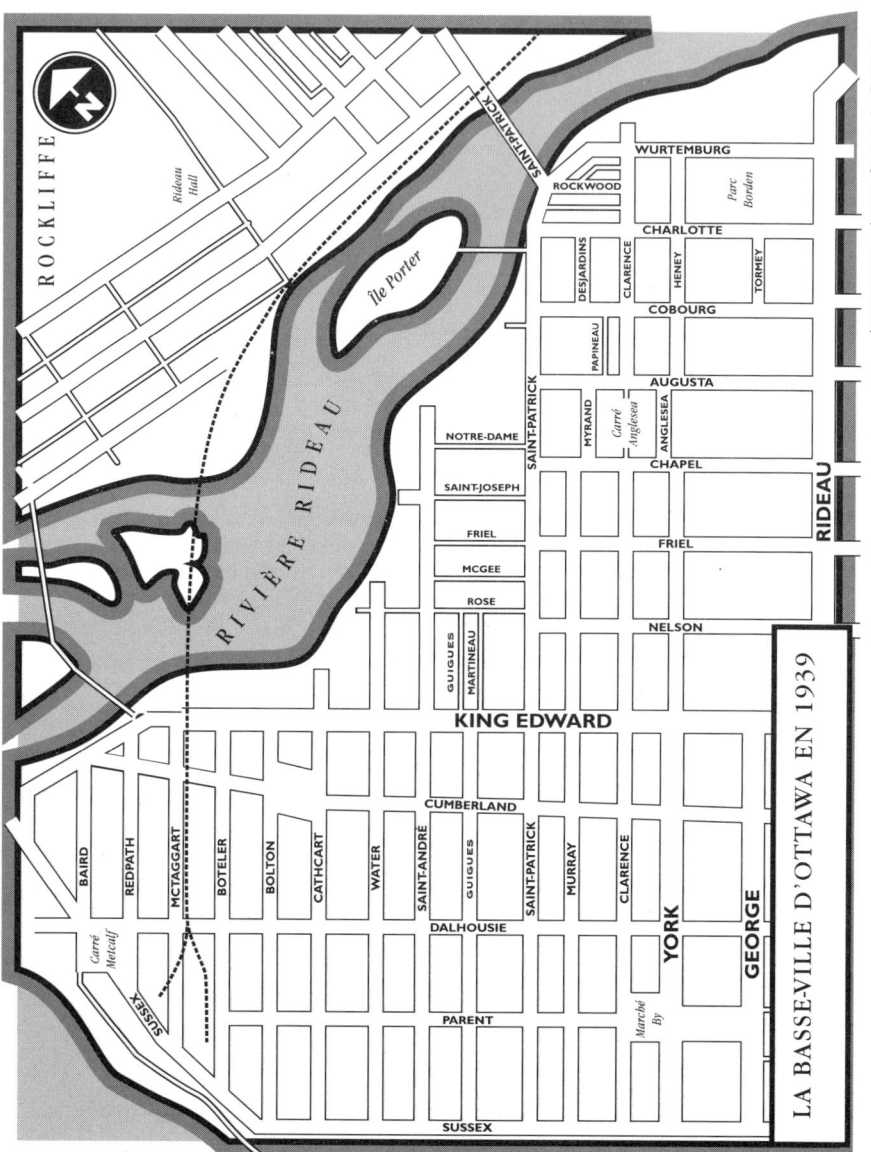

PREMIÈRE PARTIE

LES JEUNES ANNÉES

1. LA LEÇON D'HYGIÈNE

Janvier 1939.

Il fait dehors un froid de loup, un vent à déchirer les toits. Aucune des maisons du quartier, la plupart en bois et ployant sous le poids des ans, ne parvient à résister à l'air glacial. On a beau gaver poêles et fournaises au point d'en surchauffer les tuyaux, le froid s'infiltre de partout, par les portes, les fenêtres, les murs mal isolés.

Même l'école Brébeuf, vétuste elle aussi mais toute de pierre et de brique bâtie, où les Frères des Écoles chrétiennes prodiguent l'enseignement primaire à quelque cinq cents garçons cinq jours par semaine beau temps, mauvais temps, résiste mal à la tempête. Toutes les fenêtres sont glacées et nombreux sont les élèves qui ont chaussé leurs bottes pour se garder les pieds chauds.

Au troisième étage, où les plus vieux ont leurs classes, il fait plus froid encore qu'aux paliers inférieurs, la fournaise du sous-sol ne parvenant pas à pousser la chaleur jusque-là malgré tout le charbon qu'on lui a fait avaler. Dans la classe du bon frère Théophile notamment, des élèves n'ont pas seulement gardé leurs bottes, ils ont enfilé tuques et manteaux, tandis que le frère, lui, a gardé ses couvre-chaussures, son vieux tricorne déformé et jeté sur ses frêles épaules un foulard de laine noire. C'est le moment de la journée consacré à l'histoire du Canada. Quarante garçons de treize à quinze ans disposés en cinq rangées de huit, les grands en arrière, les petits en avant, écoutent en grelottant le bon frère Théophile raconter les exploits de Dollard des Ormeaux et de Madeleine de Verchères.

Précision : ils n'écoutent pas tous.

Du moins, pas le grand Guy Archambault, dit Chameau, qui, tout à fait au fond de la classe, du côté des quatre fenêtres toutes blanches de frimas, compte et recompte, bien caché par la tête ébouriffée de Gros-Louis Latreille, ses cartes de gomme balloune dédiées à la gloire de ses idoles : Joe Louis, Babe Ruth et d'autres.

Ni le grand Poirier, dit Flagosse, qui tire des pois aux plus jeunes des premières rangées chaque fois que Théophile tourne le dos pour écrire au tableau noir les mots clés de la leçon.

Ni encore Braguette Paquette qui, la tête penchée sur le manuel d'histoire du Canada qu'il a posé sur sa table, regarde juste un peu plus bas, vers ses genoux plus précisément, où repose le cahier de bandes dessinées dont il se délecte. De la petite bière, Dollard des Ormeaux, héros du Long-Sault ! Idem pour l'héroïne de Verchères, même si l'on dit d'elle qu'à quatorze ans elle a tenu le fort pendant huit jours contre quarante-cinq Iroquois enragés. Combien plus captivants sont les exploits du magicien Mandrake ! Et combien plus excitante que Madeleine de Verchères est la belle Narda, l'amie du héros en redingote, cette Vénus affriolante aux courbes voluptueuses que le dessinateur américain n'hésite pas à montrer en petite tenue – et en couleur s'il vous plaît!

C'est Ti-Paul Lavigne qui, brusquement, sort Braguette de sa rêverie.

– Tabarnak! s'écrie-t-il, atteint à l'oreille gauche par un pois du grand Flagosse. Qui a fait ça?

Le mot ne peut pas être plus gros, plus grave. Un blasphème impardonnable. Car s'il est courant dans la très catholique basse-ville d'Ottawa, à forte majorité ouvrière et francophone, de recourir ainsi au vocabulaire religieux pour exprimer ses sentiments bons ou mauvais – «Hostie qu'elle est belle!», «Calvaire qu'elle est laide!» –, la pratique soulève la colère des curés, fait l'objet d'incessantes campagnes et, à l'école Brébeuf des bons Frères des Écoles chrétiennes, entraîne des corrections d'une extrême sévérité.

François LeBel, que ses amis appellent le plus souvent «Grandes Oreilles», en sait quelque chose. À sa première année à Brébeuf il a vu le frère Arthur dans la cour de récréation retrousser sa soutane et enlever la ceinture de son pantalon pour punir Ti-Pit Guindon qui avait osé crier «Hostie!». Il s'en souvient d'autant plus qu'il avait fait ce jour-là une intéressante découverte: il ne savait pas que, sous leur soutane, les frères portaient aussi un pantalon. Et en cinquième année il avait vu son propre professeur, le frère Damien, obliger un élève à se rincer la bouche avec de l'eau et du savon pour avoir dit «câlice», quand bien même le mot, prononcé comme s'il supportait trois accents circonflexes, n'aurait eu aucun sens aux oreilles d'un Français.

François, lui, ne sacre pas. Non pas tellement parce qu'il craint les corrections, simplement parce qu'il n'en retirerait aucune satisfaction, son occasionnel

« tabarnouche » le satisfaisant amplement. L'habitude de sacrer, estime-t-il, ne ferait d'ailleurs que prolonger ses confessions mensuelles déjà fort bien alimentées par le sixième commandement : « Impudique point ne sera de corps ni de consentement », et par le neuvième : « L'œuvre de chair ne désirera qu'en mariage seulement. » S'il fallait qu'il sacre en plus !

Le cri de Ti-Paul a jeté sur la classe un silence de mort. Chameau a vite caché ses cartes de gomme balloune, Braguette ses bandes dessinées, Flagosse son tire-pois, et tous se demandent maintenant comment Théophile va réagir.

– Ti-Paul, ordonne finalement le frère en indiquant la porte au jeune Lavigne, tu vas passer le prochain quart d'heure dans le corridor. Attends-nous là et profites-en pour méditer sur tes péchés, dont celui de blasphème que tu viens de commettre. Prépare ta confession, nous partons pour l'église dans quelques minutes.

Au fond, l'incident arrange bien Théophile car non seulement Ti-Paul n'a que treize ans, mais il est si chétif qu'on lui en donnerait dix. Ce que le professeur a à dire avant la traditionnelle confession mensuelle ne convient peut-être pas à d'aussi tendres oreilles.

– Serrez vos m-m-manuels d'histoire, ordonne-t-il en tirant sur son rabat et en s'étirant le cou. Si j'en p-p-prends un à rire ou à parler, il se retrouve dans le c-c-corridor lui aussi.

François a compris par le bégaiement et surtout par le tic – coup de menton en haut à gauche, coup de menton en haut à droite, comme si tout le corps voulait sortir par l'encolure du rabat – que le pauvre Théophile est extrêmement nerveux. Retirant de sa poche un grand mouchoir brun, l'enseignant s'éponge le front, puis le cou jusqu'à l'intérieur du col, se mouche bruyamment, retire tricorne et foulard, les dépose sur son bureau et reprend :

— Vraiment, votre indiscipline me d-d-décourage. À vous voir a-a-agir, on dirait des enfants de s-s-six ans. Vous en avez pourtant t-t-treize, quelques-uns quatorze et même qu-qu-quinze, vous êtes en huitième année et c-c-commencerez l'an prochain votre secondaire. Vous n'êtes donc p-p-plus des enfants et il y a des choses qu-qu-e vous devez savoir...

Haletant, le frère fait une pause puis, se tournant brusquement vers le tableau, lève le pied droit pour monter sur l'estrade. Hélas, gêné par ses bottes, il s'enfarge dans sa soutane, perd l'équilibre et s'écrase le front sur le bord du tableau. Du grand guignol ! La scène ne pourrait pas être plus tordante. Aussi inconscients qu'irresponsables, plusieurs rigolent tout haut, d'autres ricanent tout bas. Le directeur lui-même serait tombé dans un baril de mélasse que le spectacle n'aurait pas été mieux réussi.

Mais Théo — c'est ainsi que les enfants l'appellent le plus souvent — a des ressources insoupçonnées. Il se relève aussitôt, éponge avec le coin de son mouchoir le mince filet de sang qui coule à son front, saisit une craie et trace au tableau, horizontalement, deux longues lignes plus ou moins parallèles qui finissent par se rejoindre à l'extrémité gauche. Ce pourrait être un énorme concombre dont on aurait tranché le bout droit ou, mieux encore, une bombe, hypothèse d'autant plus plausible que la rumeur d'une guerre en Europe ne cesse de s'intensifier.

— C'est une v-v-verge, dit le frère. La leçon d'hygiène d'aujourd'hui portera sur l'hygiène s-s-sexuelle.

Une verge ?

La seule verge que ces enfants connaissent est une baguette de bois qui sert à mesurer et, quelquefois, à donner la fessée. Peu de frères d'ailleurs s'en servent pour punir, la plupart préférant déléguer la responsabilité des corrections au directeur qui, lui, a une prédilection pour la *strappe*, longue bande de cuir qu'il plie en deux et rabat sur la paume des mains de l'élève un nombre de fois correspondant en principe à la gravité de la faute et aux antécédents du coupable – en principe seulement car l'humeur du frère certains jours y est aussi pour quelque chose.

Or le concombre du tableau, si c'en est un, a beau mesurer un mètre environ, ça ne ressemble en rien à la baguette que les enfants connaissent bien. Auraient-ils mieux compris si le frère avait employé le mot « pénis »? Pas du tout. Car si leur pittoresque vocabulaire compte une foule d'expressions toutes aussi descriptives les unes que les autres pour désigner « la chose », il n'inclut ni « verge » ni « pénis ».

Par contre, ils ne savent que trop ce que veut dire « sexuel », adjectif dérivé de « sexe », sans doute l'un des mots les plus excitants, les plus troublants de leur petit Dictionnaire Larousse Illustré, édition canadienne, portant à l'endos de la couverture l'image du Sacré-Cœur et l'impérieuse consigne : « Ne blasphémez pas ! » D'où le silence de mort qui s'abat sur la classe quand le frère prononce les mots si doux, à saveur de péché grave, « hygiène sexuelle ». On pourrait entendre une mouche voler.

D'une main tremblante, le religieux reprend sa craie pour arrondir et accentuer quelque peu l'extrémité pointue de son dessin.

– Cette partie-là, c'est le g-g-gland…

– Puis il dessine une flèche pointant vers le repli entre la verge et le gland :
– Et cette partie-là, c'est le p-p-prépuce...

Enfin, tous ont compris ! Ce n'est ni une carotte, ni un concombre, ni une bombe et encore moins une verge : c'est une « graine » ! Sans le savoir, ces pauvres enfants qui appellent les camions *trucks*, les arachides *peanuts* et le martinet *strappe*, utilisent pour désigner la « chose » une savante figure de rhétorique, la synecdoque !

Le frère transpire de plus en plus malgré le froid à faire craquer les murs. Il sort de nouveau son mouchoir, éponge une fois de plus son front humide et tuméfié, puis reprend courageusement :

– Si je vous p-p-parle de cela aujourd'hui, c'est pour vous dire simplement que, quand vous prenez votre bain, vous devez vous l-l-laver là comme ailleurs. Surtout le prépuce. Je ne vous dis pas de f-f-frotter pendant des heures, d'y prendre plaisir ; vous commettriez alors un p-p-péché mortel. Je dis simplement qu'il est important de se l-l-laver la verge, autant qu'il est important de se l-l-lavez les pieds, les jambes, les bras, la tête...

Et Flagosse, dans le fond de la classe, de crier comme dans la chanson :

« Alouette ! »

Le frère feint de n'avoir rien entendu.

– Maintenant, dit-il, vous allez vous lever, s-s-sortir tranquillement, une rangée à la fois, vous habiller dans le c-c-corridor en silence et vous mettre en rangs. En route p-p-pour l'église, vous ferez votre examen de conscience et votre acte de c-c-contrition.

Dans le corridor, François se trouve juste à côté de Ti-Paul Lavigne devant le mur où est accroché, outre leurs vêtements, un épouvantable dessin de l'enfer tout en couleurs, avec des démons l'écume à la bouche et des damnés léchés par les flammes, les mains désespérément tendues vers le ciel. Pendant qu'il enfile son manteau, une pensée troublante traverse son esprit : « Et si Ti-Paul, lui, devait passer sa vie sans savoir qu'il faut se laver là... aussi ! » Mais avant qu'il ait pu ouvrir la bouche, Toto Caouette et Goglu Lalonde lui ont déjà tout raconté.

2. LA CONFESSION

Tous les compagnons de François portaient des surnoms : Ti-Pit, Toto, Goglu, Flagosse, Dédé, Ménaille... François, lui, en portait même trois. On l'appelait tantôt « Barnique » parce que le mot, dans le jargon du temps, désignait des lunettes et que les siennes, faites pour corriger une sévère myopie, étaient très épaisses. Tantôt « La Bolle », car une « bolle » était un élève brillant et que, sans même le vouloir, il était toujours premier de classe. Mais surtout on l'appelait « Grandes Oreilles » parce que, pour retenir ses lourdes lunettes qui autrement auraient glissé sur son appendice nasal plutôt fin, la divine Providence l'avait pourvu d'esgourdes que ses compagnons n'hésitaient pas à qualifier de « portes de grange » et qui, assez curieusement, étaient dotées d'une sensibilité à la mesure de leur taille.

Au signal du frère donc, les quarante garçons se placent en rangs de deux dans le corridor, les petits en avant, les grands en arrière selon la consigne. Ti-Paul Lavigne et Ti-Poil Latrcille prennent place les premiers ; à la queue, Chameau Archambault, Flagosse Poirier et Braguette Paquette.

Pour aller de l'école à l'église, il faut traverser le Carré Anglesea, deux grands terrains vagues bordés à gauche par la rue Chapel, à droite par la rue Augusta, et séparés l'un de l'autre par la rue Clarence.

Le premier, tout de terre battue qu'on imbibe d'huile au printemps pour empêcher la poussière de s'élever au moindre coup de vent, est le terrain de jeux des garçons. L'été, aux récréations ou à l'heure du midi, on y joue au ballon ou on s'y chamaille pour montrer sa force ; le soir, on va voir les grands disputer des matchs de crosse qui, plus souvent qu'autrement, se terminent en bagarres. L'hiver, la Ville y aménage une belle patinoire ovale à laquelle, au grand dam du curé, les filles ont accès. Les garçons les moins timides patinent avec elles main dans la main, alors que ceux qui n'en ont pas le courage – et ils sont nombreux – se contentent de les taquiner et de les pousser dans la neige qui borde la patinoire.

L'autre quadrilatère est surtout à l'usage des filles. On y aménage en hiver une patinoire de hockey pour les garçons, mais en tout autre temps, le midi comme aux récréations, ségrégation complète : interdiction formelle aux garçons d'aller sur le terrain des filles et vice-versa.

Par temps clair, on peut facilement distinguer depuis les marches de l'école, au-delà du Carré Anglesea, le clocher de l'église, le presbytère, l'école des filles et la salle paroissiale. Mais ce vendredi de janvier 1939, la neige soulevée par le vent violent permet à peine de voir à deux pas devant soi. Malgré les épais foulards de laine qui leur couvrent la figure, les enfants étouffent à chaque rafale, comme si Dieu le Père qui voit tout et pense à tout, avait imaginé ce moyen de ralentir leurs pas pour permettre à chacun de consacrer plus de temps à scruter son âme de pécheur.

François, lui, a la conscience si lourde qu'il voudrait ne jamais cesser de combattre la tempête. Car le vendredi précédent, patinant main dans la main avec la belle Hélène Tremblay, il a tout à coup éprouvé, malgré ses épaisses mitaines de cuir, un intense plaisir charnel. Mauvaise pensée ou mauvais désir ? Il n'en est pas trop sûr. Mais comme c'est volontairement et sciemment qu'il a ensuite trébuché pour l'entraîner avec lui dans sa chute, pour tomber tout doucement sur elle dans la neige, et qu'à cet instant précis il a, ô malheur ! délicieusement frémi de la tête aux talons, la gravité de la faute ne fait aucun doute, il a de toute évidence commis un péché mortel.

Et n'a-t-il pas de nouveau péché le lundi suivant lorsque, défiant les interdictions les plus strictes, les plus formelles, il a, à la récréation du matin, traversé la rue Clarence et pénétré sur le territoire interdit des filles pour contempler, bien caché derrière un arbre, l'objet de ses rêves ? Sans doute. Il a même alors péché deux fois : par désobéissance et par désir impur. Sans parler de tous les mensonges qu'il était tout à fait disposé à commettre pour expliquer sa présence dans le parc des filles si par malheur il s'y faisait prendre.

Au lieu d'un seul acte de contrition, il en récita deux avant de pénétrer dans l'église, de peur d'avoir escamoté des mots la première fois.

Comme à chaque confession, les garçons trouvent l'église dans une obscurité presque totale. Rien d'autre que la lampe du sanctuaire suspendue à la voûte, quelques îlots de lampions aux pieds de sainte Anne, de saint Joseph et de Notre-Dame-du-Perpétuel-Secours, une pâle lumière aux portes et, à chacun des quatre confessionnaux, une minuscule croix rouge pour indiquer la présence du prêtre. Les deux grands lustres du plafond, les centaines de lumières le long de la frise, les deux superbes électroliers de cristal achetés à Venise par le curé, tout cela est réservé à la grand-messe du dimanche et aux fêtes. Les jours de confession, il faut de toute nécessité l'obscurité quasi totale pour rappeler à ces petits mécréants les ténèbres dans lesquelles le péché les a jetés.

Quatre confesseurs attendent patiemment derrière leurs grilles de bois : le curé Myrand[1] et ses trois vicaires. Pour tout l'or du monde François n'irait se confesser au curé, trop sévère et, surtout, ami intime de son père. Il a adopté depuis belle lurette l'abbé Ledoux qui porte on ne peut mieux son nom : jamais le moindre reproche, rarement plus d'une dizaine de chapelet pour pénitence. Il n'a donc pas aussitôt déposé sa tuque et ses mitaines sur son banc que, tel un soldat se lançant au combat, il file vers lui tête baissée, immédiatement suivi d'ailleurs par une vingtaine de ses camarades tout aussi conscients de la tolérance du jeune prêtre et tout aussi impatients de rentrer chez eux une fois leur pénitence accomplie. Au confessionnal du curé, personne. Et toujours personne dix minutes, quinze minutes plus tard.

De retour à son banc, pendant qu'il égrène consciencieusement les deux dizaines de chapelet que lui ont values ses aventures avec l'affriolante Hélène, François entend tout à coup un grand bruit venant du confessionnal du curé. Celui-ci a ouvert la porte d'un

---

1. Mgr Joseph-Alfred Myrand, P.D., curé de Sainte-Anne d'Ottawa de 1904 à sa mort en 1949.

violent coup de pied et, appuyé sur sa canne, il s'avance vers Braguette Paquette qui n'a pas encore eu le courage de choisir un confesseur.

– Viens, Paquette, dit-il en le saisissant par la manche de son manteau, viens te confesser.

Paquette a beau résister, le vieux prêtre a la poigne solide. Il le traîne littéralement à son confessionnal, le force à s'agenouiller, réintègre son fauteuil et ferme sa porte.

Personne ne sut jamais exactement ce que Paquette raconta cette journée-là. Ce que les enfants n'oublièrent pas cependant, c'est que même pendant ses sermons les plus enflammés le curé n'avait jamais crié aussi fort :

– T'as pas honte ? Embrasse les pieds du crucifix devant toi ! Embrasse les pieds du petit Jésus ! Pour ta pénitence tu diras deux chapelets. Dis ton acte de contrition !

Quand Paquette sortit finalement du confessionnal, il avait la couleur du manteau trop grand pour lui dont il avait hérité de son grand frère : vert olive. Conscient que tous les yeux étaient braqués sur lui, il garda les siens rivés au plancher jusqu'à son banc.

– C'était quoi ton péché ? demanda son voisin Chameau pour le narguer. Si tu me le dis, je te donne une carte de gomme balloune.

– C'est pas de tes crisses d'affaires, répondit Paquette, les dents serrées. Et ta gomme balloune, fourre-toi-la dans le cul !

Il prit ses mitaines et sa tuque et fila vers la porte. Quand le frère s'approcha pour voir ce qui se passait, Paquette était déjà parti.

3. LE COUP DE TÉLÉPHONE

FRANÇOIS allait quitter l'église lui aussi lorsque, sortant péniblement de son confessionnal, le curé l'aperçut et, baisant son étole, lui fit signe d'approcher.

– Viens, François, viens aider ton vieux curé à regagner son presbytère, fit-il en saisissant sa canne d'une main et, de l'autre, le bras de l'adolescent. Mes jambes m'ont encore abandonné.

Escorter le curé, François LeBel en avait l'habitude. Doyen des enfants de chœur, c'est souvent lui qui, à la grand-messe du dimanche, assistait le prélat quand celui-ci confiait la célébration à l'un de ses vicaires. Appuyé alors sur le bras solide de son enfant de chœur, il entrait dans le sanctuaire en grande pompe et sans canne juste avant le célébrant, se dirigeait vers le maître-autel et, au lieu de simplement s'incliner, ce qui pourtant eût été tellement plus facile, effectuait une complète génuflexion en mettant tant de poids sur François que celui-ci, malgré sa vigueur, avait peine à le soutenir. Le vieux prêtre se dirigeait ensuite lentement, cérémonieusement vers son trône, gros fauteuil surélevé, surmonté d'un baldaquin de velours rouge et or, d'où il présidait l'office et dans lequel, pendant les sermons des vicaires, il lui arrivait de s'endormir profondément.

C'était la première fois que Mgr Myrand demandait à son enfant de chœur préféré de l'escorter jusqu'à ses appartements. À l'exception des bureaux destinés au public, où François allait parfois faire quelque commission pour son père, jamais il n'avait eu la chance de voir l'intérieur de ce somptueux presbytère dont on disait partout qu'il était le plus beau, le plus riche du pays, dépassant même en élégance la résidence de l'Archevêque et celle du Délégué apostolique, représentant du pape en terre canadienne.

De style Renaissance, précédé d'une longue galerie soutenant une rangée de colonnes, l'impressionnant édifice de pierre donnait évidemment sur une rue portant le nom de son plus illustre résidant : rue Myrand. On y entrait par l'une ou l'autre lourde porte selon sa condition : celle de gauche, donnant sur les bureaux, servait aux vicaires, aux religieuses de service et aux paroissiens ordinaires venant pour affaire; celle de droite, ornée de quatre hautes colonnes de pierre, était réservée au curé lui-même et aux visiteurs de marque. Combien de prêtres, tout de rouge ou de mauve vêtus, avait-on vu franchir le seuil de ce sacro-saint portail ou lire leur bréviaire en arpentant la longue galerie reliant les deux entrées! Combien de laïcs éminents, de Sir Wilfrid Laurier aux députés les plus influents à Ottawa, Québec et Toronto, avait-on vu gravir les marches du large escalier pour recevoir, dès que la porte s'ouvrait, l'affectueuse accolade du puissant maître des lieux!

L'église Sainte-Anne, elle, avait sa façade rue Saint-Patrice, nommée ainsi en l'honneur du saint patron des Irlandais – on aurait voulu narguer les Canadiens français de la basse-ville qu'on n'aurait pas agi autrement. Officiellement, la rue se nommait St. Patrick, comme l'église des Irlandais un peu plus à l'ouest ; autrefois, au temps de Bytown, on l'appelait rue Ottawa. Mais pour les paroissiens de Sainte-Anne, de Notre-Dame et de Saint-Charles, paroisses constituant le château fort des Canadiens français d'Ottawa, la rue St. Patrick était la rue Saint-Patrice. De toute façon, saint Patrick ou saint Patrice, c'était bien le dernier saint que les francophones de Sainte-Anne auraient songé à invoquer !

Adossée au presbytère, la sacristie était reliée à celui-ci par un étroit couloir que François avait maintes fois entraperçu lorsque, au moment où il enfilait ou retirait ses habits d'enfant de chœur, la porte s'était ouverte. Malgré son indomptable curiosité, jamais cependant il n'avait osé explorer l'endroit. Quand donc le curé lui ordonna d'entrer et de le soutenir jusqu'à son fumoir, François eut l'impression de pénétrer dans une sorte de cénacle, un lieu saint, interdit, mystérieux, une maison hantée par de purs esprits, par des hommes désincarnés à l'abri du péché, par des êtres privilégiés en communication directe avec le ciel, capables de lire jusqu'au plus profond de son âme et d'ordonner, selon leur bon plaisir, son salut ou sa damnation éternelle.

De l'église à ses appartements le curé ne cessa de pérorer :

– Je sais que tes compagnons ont peur de moi. Ils me trouvent sévère et n'osent pas s'approcher de mon confessionnal. Si seulement ils avaient la moindre idée à quel point je veux leur bien ! Ils ne pensent qu'aux filles, ces pauvres garçons, au lieu de se concentrer sur leurs études et la pratique des vertus chrétiennes. Ce n'est pas en se procurant tous les plaisirs qu'on se forge un caractère. Je voudrais tant qu'ils deviennent de vrais hommes, avec des principes, des hommes capables de se tenir debout, de faire honneur à leur race, à leur pays. Pas des vicieux, ni des fainéants, ni des voleurs comme j'en connais trop, mais de vrais hommes comme la paroisse en a tant produit dans le passé.

Il s'arrêta un moment pour reposer ses vieilles jambes et, fixant François d'un œil perçant :

– Toi au moins, tu ne penses pas qu'aux filles, dis ?

François se sentit rougir de la tête aux pieds et crut un moment que le vieux prêtre allait lui ordonner d'aller se confesser à lui la prochaine fois.

– Moi ? Mais non, Monseigneur...

– Parce que les filles, tu sais, ce sont des occasions de péché. Cette patinoire que la Ville a aménagée au Carré Anglesea, c'est dangereux. Garçons et filles patinent ensemble et on ne sait jamais comment cela finit. Ou plutôt, on le sait trop. J'ai bien envie d'ordonner au maire de la fermer.

François eut l'impression que le vieux curé en savait plus sur son compte qu'il ne voulait en dire. L'aurait-il vu de son presbytère, par hasard ?

Ils approchaient du fumoir.

– As-tu commencé à réfléchir à ce que tu voudrais faire plus tard ?

– Je n'ai pas décidé, Monseigneur. Peut-être journaliste, vu que j'aime bien l'écriture et que j'ai de bonnes notes en français.

Le vieux curé parut surpris, contrarié.

– Journaliste ? Mais tu peux faire bien mieux que ça ! Tu pourrais devenir prêtre si le Bon Dieu t'en faisait la grâce. Sinon, tu pourrais devenir avocat comme ton père. Mais journaliste, voyons ! La plupart n'écrivent que des balivernes. Des scribouilleurs, ces journalistes, des fouinards, des gens qui ont le nez fourré partout, qui ne sont pas capables de faire la part des choses bien souvent et qui montent en épingle des niaiseries. À moins que je me trompe, tu n'es pas du genre fouinard, dis ?

Le curé ne savait évidemment pas qu'à l'école plusieurs appelaient François « Grandes Oreilles » et qu'à la maison, le soir, quand le vieil ecclésiastique venait s'enfermer dans le cabinet de son premier marguillier pour discuter pendant des heures, il arrivait à « Grandes Oreilles » de mettre à l'épreuve la haute sensibilité de ses impressionnants pavillons.

— À moins, continua-t-il, que tu deviennes un écrivain célèbre comme tant d'autres fils de la paroisse. Alors là! Sais-tu par exemple que des hommes de lettres aussi éminents qu'Antoine Gérin-Lajoie, Benjamin Sulte et Alfred Garneau se réunissaient ici, à Sainte-Anne, au temps de l'ancien presbytère, pour parler littérature, histoire et politique avec les premiers curés venus de France ?

Ils étaient enfin arrivés au fumoir. Le vieux prêtre fit passer devant lui son jeune compagnon.

— Tu entres ici dans un lieu privilégié, dit-il. Si tu savais toutes les décisions importantes qui ont été prises dans ce fumoir, tous les mots d'ordre qui ont été donnés ici quand le gouvernement de l'Ontario a voulu bannir le français de nos écoles avec son ignoble Règlement XVll. Si je te nommais tous les personnages importants qui ont franchi le seuil du presbytère de Sainte-Anne, celui-ci comme l'ancien, tu n'en croirais pas tes oreilles. Viens, je vais t'en présenter quelques-uns.

Il y avait sur le mur faisant face aux deux grandes fenêtres donnant sur la rue Myrand une douzaine de photographies toutes bien alignées et encadrées, disposées en deux rangées. À l'exception de Sir Wilfrid Laurier, ancien Premier ministre, tous ces personnages étaient inconnus du jeune visiteur.

— Sir Wilfrid, dit-il en le pointant fièrement de sa canne, eh bien, non seulement j'étais son ami, mais aussi son confesseur. Tu diras ça à tes jeunes amis qui fuient mon confessionnal, ça leur en bouchera un coin! Et ici, c'est Mgr Mozzoni, un influent prélat de la Délégation apostolique et grand ami du Canada français, qui remplace à l'occasion le représentant du pape et m'a déjà fait l'honneur de sa visite. Là, c'est l'évêque de Rimouski, Mgr Georges Courchesne, un autre grand patriote et ami. Ici, l'un de nos hommes politiques les plus célèbres, Henri Bourassa, fondateur du *Devoir*, qui est venu maintes fois donner des conférences à la salle paroissiale juste à côté pendant la crise scolaire. Là, le père Charles Charlebois, des oblats de Marie Immaculée, fondateur du *Droit*, un autre adversaire acharné du Règlement XVll. Et enfin, peut-être mon plus grand ami, l'abbé Lionel Groulx[2], éminent historien, qui loge ici quand il a des recherches à faire aux Archives nationales. Je l'attends justement d'une minute à l'autre. J'espère que la tempête ne l'aura pas trop retardé.

Il y avait sur un autre mur, sous un crucifix de bronze orné d'un rameau, trois autres photographies, plus grandes celles-là, enchâssées dans de larges cadres

---

2. Lionel Groulx, prêtre, historien, nommé chanoine en 1950, auteur de nombreux livres, dont *Mes Mémoires – 1878 – 1967*. Des passages de cet ouvrage ont inspiré une partie d'*Ottawa, P.Q.* (Notices bibliographiques complètes en fin de volume.)

dorés. Ces personnages, le curé n'eut pas à les lui présenter, François les avait reconnus : à gauche le pape Pie XI qu'on retrouvait bien en vue dans toutes les classes de l'école avec le Sacré-Cœur, la Sainte-Vierge et saint Joseph, au centre le tout nouveau Délégué apostolique, Mgr Ildebrando Antoniutti, et à droite le vieil archevêque d'Ottawa, Mgr Guillaume Forbes. Tous trois trônaient au-dessus d'un grand foyer de pierre grise où fumaient encore quelques braises.

– François, dit le curé, attise le feu et ajoute des bûches avant de partir. Tu trouveras du bois dans la cave.

À ces mots, le vieux prêtre laissa choir ses soixante-douze ans dans son grand fauteuil de velours rouge, retira ses chaussures de cuir verni ornées de grandes boucles d'argent, posa ses pieds sur le tabouret devant lui et sa barrette sur la table attenante au fauteuil, à côté du téléphone, puis, le lorgnon sur le bout du nez, les mains jointes sur son ventre bedonnant, il ferma les yeux. Il dormait profondément quand François monta de la cave les bras chargés de belles bûches d'érable.

Mais son sommeil devait être bientôt interrompu. François n'a pas aussitôt déposé sa brassée près de l'âtre avec d'infinies précautions pour ne pas le réveiller, que la sonnerie du téléphone retentit. Le prêtre sursaute, saisit l'appareil en maugréant et, d'une voix qui ne cache rien de sa mauvaise humeur, il hurle :

– Allô!

Pendant les deux ou trois minutes qu'il faut à François pour attiser la braise et disposer trois bûches sur les chenets, le curé ne souffle mot, comme s'il était subitement devenu muet, paralysé. Quand il ouvre finalement la bouche, il n'en sort que rage et indignation :

– Hein ! Vous dites qu'on veut le nommer archevêque d'Ottawa ? Un homme qui a toujours fait des courbettes aux Irlandais, qui lèche leurs bottines ! Une poule mouillée pareille deviendrait mon boss ? Non, jamais ! Ça ne se passera pas comme ça. Merci de m'avoir prévenu, je vais y voir.

Et il raccroche.

Le feu s'est ranimé. Une belle flamme bleue danse maintenant dans la cheminée.

– François, tonne le curé, cours chez toi dire à M^e LeBel que j'ai affaire à lui. Je serai à son cabinet ce soir à huit heures précises avec l'abbé Groulx. Et dis-lui de convoquer le curé Barrette[3]. Lui aussi doit y être. N'oublie surtout pas, c'est important.

Au moment où François enfile sa canadienne pour affronter de nouveau la tempête qui rage de plus belle, on sonne à la porte principale. Sœur Clothilde ouvre et annonce l'abbé Groulx.

– Ah ! Lionel, te voilà enfin ! s'exclame le curé. Excuse-moi de ne pas avoir envoyé mon chauffeur te prendre à la gare, la Cadillac est au garage.

– Ne vous excusez pas, Monseigneur, de répondre l'historien tout transi et couvert de neige, c'est cette satanée tempête qui m'a retardé. Le train est entré en gare avec une heure de retard et ça m'a pris presque une demi-heure en tramway.

---

3. François-Xavier Barrette (1877-1962), curé de la paroisse Saint-Charles, voisine de Sainte-Anne, de 1912 à sa mort, un des fondateurs de la société secrète dont il sera question plus loin.

François connaissait l'abbé Groulx de réputation ; on citait souvent ses œuvres à l'école. Il l'avait même aperçu quelquefois, à travers ses grosses lunettes de myope, lisant son bréviaire en faisant les cent pas devant le presbytère. Mais jamais il ne l'avait vu d'aussi près. Il le croyait plus costaud, plus imposant. Il était en réalité de petite taille – guère plus d'un mètre et demi – et se comportait devant Mgr Myrand tel le serviteur d'un grand seigneur :

– Vous me voyez tout confus. J'aurais voulu arriver plus tôt. Je m'excuse...

Néanmoins, quand l'abbé retira sa toque d'astrakan noir et l'épais foulard de laine qui lui couvrait une partie de la figure, François découvrit un visage tout rond percé de deux yeux brillants qui ne laissaient aucun doute sur son intelligence et sa force de caractère.

– Et la santé, Monseigneur ? demanda le visiteur en se frottant les mains engourdies par le froid.

– Excellente, mon Lionel, excellente ! Sauf pour mes jambes, je me sens dangereusement bien. Prêt à livrer quelques autres bonnes batailles.

– Vous vous dépensez trop, Monseigneur. Vous devriez vous reposer davantage.

– Je me reposerai quand le bon Dieu viendra me chercher. En attendant, j'essaie de bien prendre la vie. Comme on dit, à chaque jour suffit sa peine : *Sufficit dici malitia sua.* Quand j'ôte mes culottes le soir, je mets mes problèmes dessus. Si tu veux garder ta santé, fais comme moi. C'est la meilleure recette.

François finissait d'attacher ses bottes pour repartir quand le curé lui lança brutalement :

– Eh bien, qu'est-ce que tu attends pour filer ? Tu as un message à faire à ton père. Vite, déguerpis !

François partit en courant, déçu de ne pouvoir écouter plus longtemps mais heureux tout de même de savoir que, ce soir-là, ce célèbre écrivain, professeur et historien, serait chez lui et que, peut-être, en tendant bien ses grandes oreilles, il apprendrait des choses.

4. LE COMPLOT

FRANÇOIS trouve son père au salon, lisant son journal en attendant le souper. Sa sœur Denise est dans sa chambre. Sa mère, excellente pianiste, pratique une sonate de Chopin, tandis qu'à la cuisine, la bonne prépare le repas.

Me LeBel est si absorbé dans sa lecture que ses yeux ne quittent même pas son journal un instant. L'Allemagne nazie, qui a pris l'Autriche il y a moins d'un an, vient d'annexer une partie de la Tchécoslovaquie et chacun des pays voisins se demande quand viendra son tour. Simultanément, en Allemagne comme dans les territoires occupés, Hitler livre aux juifs une guerre sans merci. Tant de commerces ont été saccagés le 9 novembre, tant de vitrines ont sauté en éclats que cette terrible nuit passera à l'histoire : on l'appellera « nuit de Cristal ». Une centaine de juifs sont morts et plus de trente-cinq mille ont été conduits dans des camps de concentration. Le ministre des Affaires étrangères du Reich, von Ribbentrop, a bien signé avec la France un traité dit « de bonne entente », mais rares sont les pays de l'Ouest qui y croient vraiment. Le président des États-Unis, Franklin D. Roosevelt, annonce pour sa part l'intensification immédiate du réarmement.

— Papa, dit François en arrivant au salon après avoir secoué ses vêtements et ses bottes dans le vestibule et les avoir soigneusement rangés dans la penderie, j'ai pour vous un message du curé.

Me Ferdinand LeBel n'est pas vraiment le père de François mais son beau-père, second mari de sa mère. Si François l'appelle papa, c'est d'abord parce que tout le monde, depuis le curé jusqu'au dernier de ses compagnons, le considère comme tel. C'est également et davantage peut-être pour plaire à sa mère qu'il adore et qui paraît vouloir oublier son premier mariage comme si c'était un péché d'y penser.

Car il n'éprouve pour cet homme aucune affection. Son véritable père, Jean-Pierre Lemieux, un homme sans beaucoup d'instruction mais d'une grande intelligence, très viril, très fort physiquement et sensible à la fois, a perdu la vie dans un accident de chantier en Abitibi au début des années trente, écrasé sous un arbre que des compagnons venaient d'abattre. Le jeune François ne s'en est jamais remis. Pendant des années il en a fait des cauchemars, revoyant sans cesse le corps inerte de son père étendu dans la neige, son exposition pendant des jours et des nuits dans le salon de la demeure familiale comme c'était la coutume, puis les funérailles, l'inhumation. Sa mère, née Stéphanie Gagnon, issue d'une famille plus instruite que celle des Lemieux, s'est remariée quatre ans plus tard avec Me Ferdinand LeBel, avocat bien connu de Sainte-Anne, veuf lui aussi, propriétaire de cette vaste maison de la rue Saint-Patrice héritée de sa famille et qui lui sert à la fois de domicile et de lieu de travail.

Les appartements particuliers de M^e LeBel occupent tout le devant du rez-de-chaussée : grand cabinet de travail pouvant recevoir une douzaine de personnes, salle d'attente, cuisinette, etc. Tout l'arrière sert à la famille : un vestibule accueillant mène à un salon spacieux richement meublé et à une salle à manger au centre de laquelle trône une superbe table de noyer massif surmontée d'un lustre qu'on dirait une copie réduite d'un de ceux qui pendent à la voûte de l'église. La cuisine, équipée de tout ce qu'il y a de plus moderne, occupe le fond. À l'étage, deux salles de bains, un débarras et quatre grandes chambres à coucher : les deux d'en arrière, donnant sur le jardin, sont à l'usage de Denise, la cadette, et de Claudine, la bonne ; les deux d'en avant, côté Saint-Patrice, juste au-dessus du cabinet de travail du paternel, sont pour François et ses parents. Seuls les clients et amis de M^e LeBel peuvent entrer par l'avant de la maison. Les membres de la famille, les parents et amis doivent emprunter l'entrée de côté, d'ailleurs plus jolie que celle d'en avant, plus invitante, entourée tout l'été de luxuriantes vignes sauvages, de roses et de glaïeuls.

Bien qu'attrayante et confortable, cette maison a cependant un grave défaut : mal insonorisée, elle laisse passer le son par le plancher comme un panier percé. Dès qu'une personne élève la voix dans le bureau sous ses pieds, François entend tout dans sa chambre et cela, d'autant plus facilement que son ouïe est d'une extraordinaire sensibilité. Et comme en plus de dormir dans cette chambre c'est là qu'il étudie le soir, il a connaissance d'à peu près tout ce qui se dit aux interminables réunions que préside son mystérieux beau-père.

Mystérieux en effet, Joseph-Alphonse-Ferdinand LeBel. Après quatre années sous son toit et malgré les innombrables conversations qui sont parvenues à ses fines oreilles, François ignore encore à peu près tout de lui. Il sait évidemment que, étant donné sa profession, il doit brasser des affaires délicates et souvent confidentielles. Il le sait aussi marguillier et homme de confiance du curé. Mais il ne parvient pas à s'expliquer pourquoi son influence déborde si largement les cadres de la paroisse, pourquoi on l'appelle de partout à toute heure du jour et de la nuit, pourquoi il ferme la porte de son cabinet à clé chaque fois qu'il le quitte, pourquoi il en interdit l'accès même à sa femme, pourquoi Claudine ne peut y faire le ménage qu'en sa présence, pourquoi on vient d'aussi loin que Montréal et Québec, même du Nouveau-Brunswick et de la Nouvelle-Angleterre pour assister à ses réunions. Et pourquoi celles-ci se tiennent chez lui plutôt qu'à la salle paroissiale.

Ce soir-là, le curé viendrait avec ses amis Groulx et Barrette. Pourquoi ne pas tenir cette réunion au presbytère puisqu'on y sera seulement quatre ? Bizarre. Qui avait téléphoné à Mgr Myrand dans l'après-midi ? Qui était cet homme que le curé ne voulait absolument pas voir accéder au trône archiépiscopal d'Ottawa ? Mgr Myrand, simple prélat domestique nouvellement nommé, était-il si puissant qu'il puisse influencer Rome ? Et, surtout, qu'est-ce que M^e LeBel pouvait bien avoir à faire dans cette histoire ?

L'incident avait piqué la curiosité de François. Ce soir, il allait être dans sa chambre et, cette fois, au lieu de simplement se laisser déranger par le bruit, il allait écouter attentivement.

Aussitôt informé du message de Mgr Myrand, M^e LeBel déposa nerveusement son journal et se dirigea vers le téléphone.

– Monseigneur Barrette, s'il vous plaît... Oui, bonjour, Monseigneur. C'est M^e LeBel. Excusez-moi de vous convoquer ainsi à la dernière minute, mais Mgr Myrand veut absolument nous voir tous les deux à huit heures ce soir à mon cabinet. Il viendra avec l'abbé Groulx. Paraît-il que c'est très important. Il compte sur vous. À tantôt.

M^e LeBel faisait rarement ce genre d'appel au téléphone de la famille, installé sur l'une des tables du salon ; il allait à son bureau en prenant soin de fermer la porte derrière lui. François en déduisit que l'affaire était particulièrement urgente et, vu le ton, que le curé de Saint-Charles n'était absolument pas libre de refuser. Un sergent n'aurait pas transmis avec plus d'autorité à ses hommes les ordres d'un supérieur. *Yes Sir ! Hi hi, Sir !*

Joseph-Alphonse-Ferdinand LeBel faisait en effet très militaire. Contrairement à un Jean-Pierre Lemieux toujours jovial, fort mais tendre, un peu gras mais sportif, trapu, avec une épaisse chevelure noire, des yeux rieurs et doux, M^e LeBel était un grand mince dans la mi-cinquantaine, de vingt ans l'aîné de sa femme, le corps raide comme une sentinelle dans sa guérite, la tête presque chauve, qui riait rarement et ne parlait que pour donner des ordres ou servir des réprimandes. Un intellectuel au visage osseux, cireux, percé de deux petits yeux sévères et affublé d'un long nez fin surmonté de besicles à pont élastique, un nez qu'il gardait le plus souvent enfoui – quand il daignait faire à la famille l'honneur de sa présence – dans un journal, un livre ou un dossier.

Avant le fatal accident, François voyait rarement son père pendant l'hiver, puisque celui-ci travaillait dans des chantiers. Par contre, tout au cours de la belle saison il avait sa présence à longueur de journée. Jean-Pierre Lemieux aidait alors sa femme à tenir la petite épicerie que tous deux avaient achetée rue Saint-André avec l'aide financière des parents de Stéphanie. À peu près tous les dimanches, de juin à septembre, on fermait le magasin, on préparait des sandwichs et on allait pique-niquer à Rockcliffe ou à Britannia, en banlieue d'Ottawa. Le maigre revenu familial ne permettant pas l'achat d'une voiture, les Lemieux se déplaçaient en tramway, et si par bonheur ils se trouvaient à l'arrêt du tram quand l'oncle Hervé passait, ils voyageaient gratuitement. Car ce cher Hervé, employé de l'*Ottawa Transportation Company*, était de service presque tous les dimanches ; il suffisait que les Lemieux soient au coin de la rue au bon moment pour qu'il les fasse monter dans son « p'tit char » et leur remette gratuitement – et discrètement – les correspondances pour Rockcliffe ou Britannia.

Mᵉ LeBel, lui, n'a pas à voyager en tramway, sa grosse huit cylindres est toujours devant la porte ou garée derrière la maison. Pourtant il l'utilise rarement et n'emmène la famille en promenade qu'une ou deux fois par année, trop occupé qu'il est par ses dossiers, ses visiteurs, ses réunions.

Comment Stéphanie Gagnon a-t-elle pu épouser un homme semblable ? Bien des paroissiens se posent la question. Certes, elle jouit depuis son remariage d'un confort qu'elle n'a jamais connu auparavant : une grande maison, les appareils ménagers les plus modernes, une bonne pour la cuisine et le ménage, une garde-robe bien garnie et, depuis peu, un piano tout neuf. Sans parler du prestige d'être l'épouse du premier marguillier de la paroisse, bras droit du curé Myrand, avocat éminent dont la réputation dépasse largement la paroisse Sainte-Anne et la ville d'Ottawa. Mais, quand même ! Comment la belle Stéphanie a-t-elle pu épouser pareil épouvantail ?

Et comment peut-elle accepter que l'homme avec qui elle partage maintenant sa vie lui fasse si peu confiance ? Elle avait timidement essayé un jour d'en savoir un tout petit peu sur ses mystérieuses réunions et les gens qu'il recevait. Sur un ton qui interdisait toute réplique il lui avait répondu que cela ne la regardait pas, que la fonction de la femme était de s'occuper de la maison, que Dieu avait donné à l'homme et non à la femme les qualités nécessaires pour s'occuper des choses importantes. « Si le jugement de la femme est plus rapide, celui de l'homme est plus certain, lui avait-il dit un jour. L'homme, avant de porter un jugement, étudie son problème, pèse le pour et le contre et ne prend sa décision qu'après avoir eu en main toutes les données du problème. Ceci exigera du temps, mais la décision n'en sera que plus sûre[4]... »

François n'est pas sans savoir combien sa mère est malheureuse. Certains soirs, quand elle se croit seule au salon, seule à son piano pendant que son mari préside ses interminables réunions, ses yeux sont si mouillés qu'elle a peine à lire les partitions. Jamais cependant la moindre doléance et, surtout, jamais la moindre allusion à son premier mari. Si l'un des deux enfants a le malheur de rappeler sa mémoire, d'évoquer

---

4. Notion longtemps enseignée aux fiancés qui suivaient les Cours de préparation au mariage du Centre catholique de l'Université d'Ottawa.

quelque souvenir heureux, vite elle détourne la conversation comme si le seul fait de parler de lui la rendait infidèle.

Pourtant, Stéphanie LeBel aurait pu trouver infiniment mieux que ce croquemitaine qu'on dirait sorti tout droit d'un musée de cire. Grande et mince, la poitrine généreuse, un visage angélique, de longs cheveux noirs relevés en chignon et une démarche à induire en tentation même le plus ascétique des vicaires, qu'elle en fait tourner des têtes à la grand-messe du dimanche! Le soir, quand son mari est à son bureau, il lui arrive, avant de s'installer au piano, de laisser son abondante chevelure tomber sur ses épaules. Elle est alors si belle, si belle, que même le curé Myrand, se dit François, serait tenté en la voyant. Que se passe-t-il dans sa chambre quand finalement son mari la retrouve? Mystère. En tout cas, jamais le moindre mot, le moindre cri de plaisir ne traverse le mur pourtant bien mince de leur alcôve. Seulement le sempiternel ronflement d'un homme de glace, repu de livres, de chiffres et de documents.

Tel que convenu, Mgr Barrette arriva à huit heures précises. Le jeune François entendit sa voiture s'arrêter devant la maison et vit par la fenêtre de sa chambre, sous le lampadaire, le chauffeur-sacristain ouvrir la portière. Quelques instants plus tard, Mgr Myrand, soutenu d'un côté par sa canne et de l'autre par le bras solide du jeune abbé Groulx, traversa péniblement la rue Saint-Patrice pour disparaître lui aussi sous le porche faiblement éclairé. Puis le bruit de la sonnette. François entendit les quatre hommes échanger d'abord les civilités d'usage, puis Mgr Myrand annoncer sans autre préambule le but de sa visite.

– J'ai reçu cet après-midi de la Délégation apostolique un coup de téléphone inquiétant, voire révoltant. Imaginez-vous que selon mon bon ami Mgr Mozzoni, notre vénérable archevêque, Mgr Forbes, qui est bien malade comme vous le savez et qui pourrait nous quitter d'un jour à l'autre – que Dieu ait son âme ! – recommande pour sa succession son grand vicaire et principal de l'École normale de Hull, Joseph Charbonneau[5]. Évidemment, les Irlandais préféreraient un des leurs, mais Mozzoni me dit qu'ils accepteraient Charbonneau et que, si rien n'est fait de notre côté, c'est lui que Rome va nommer. Vous voyez ça ? Un homme qui n'a jamais été capable de se tenir debout devant les Irlandais, qui est plein d'idées bizarres, qu'on a vu se promener en habits civils rue Rideau, vous voyez ça archevêque d'Ottawa ?

Et le curé Barrette de s'exclamer de sa voix de stentor :

– T'es pas sérieux, Alfred ? Est-ce que Mgr Forbes a perdu la tête ?

Puis une autre voix, plus cultivée celle-là, de toute évidence celle de l'abbé Groulx :

– Il faut croire en effet que notre pauvre archevêque a fini par perdre la tête, mes amis. Ce Joseph Charbonneau est le pire archevêque que les Canadiens

---

5. Mgr Joseph Charbonneau (1892-1959) fut vicaire général à Ottawa avant de devenir brièvement évêque de Hearst, en Ontario, puis archevêque de Montréal. Les propos attribués dans ce chapitre au chanoine Groulx et à Mgr Myrand sont tirés des *Mémoires* du chanoine Groulx, tome IV. Nous les avons seulement déplacés dans le temps et avons imaginé le contexte aux fins du roman. Mgr Charbonneau fut effectivement chassé d'Ottawa et plus tard de Montréal.

français d'ici pourraient avoir. Rappelez-vous, après la révocation du Règlement XVll, tout ce qu'il a fait pour chasser de leurs postes les patriotes, les batailleurs comme nous. Il voulait, disait-il, des « diplomates ». Il prétendait que, le gouvernement de l'Ontario ayant finalement décidé de révoquer le Règlement, il fallait désormais négocier. « Toronto ne s'aboucherait, disait-il, qu'avec des hommes de paix. » Le type parfait du minoritaire, ce Charbonneau. Toujours prêt aux compromis...

– Il voulait des poules mouillées ! C'est ça qu'il voulait, de grommeler le curé Barrette.

– La vérité, renchérit l'historien, il ne faut pas se la cacher : cet homme est un déséquilibré, un anormal, un vrai cas pathologique. Ce repliement farouche sur soi, cette fermeture hermétique, résultat de je ne sais quelle frustration, s'aggrave d'un indéniable déséquilibre psychologique. Trop souvent le jugement ne fonctionne pas sainement. Dès ses années de collège cette déficience sautait aux yeux de ses camarades. Et rappelez-vous la pagaille qu'il sema au Petit et au Grand Séminaire d'Ottawa quand il en fut le supérieur, avec ses idées bizarres, troublantes, en matière de discipline, d'éducation et de spiritualité. Une délégation du clergé dut réclamer sa démission et c'est alors que l'Archevêque l'expédia de l'autre côté de l'Outaouais, à l'École normale de Hull...

L'abbé Groulx s'arrêta un moment, comme pour reprendre son souffle, puis il continua :

– C'est vraiment dommage, car cet homme ne manque ni d'intelligence ni de caractère, il manque d'équilibre. Il gâchera sa vie partout où il passera parce qu'il porte en lui les déficiences de son être psychologique...

Jugement sévère, si sévère que ses interlocuteurs en restèrent bouche bée. C'est finalement le curé Myrand qui rompit le silence.

– Je vous ai convoqués, dit-il, non seulement pour vous faire part du danger, mais pour vous soumettre mon plan. Comme vous le savez, l'Ontario-Nord, dont Mgr Joseph Hallé est le vicaire apostolique, a été élevé au rang de diocèse. Le siège épiscopal sera à Hearst. Or Mgr Hallé étant gravement malade depuis plusieurs mois – il est hospitalisé à Québec, complètement paralysé –, il est urgent de nommer un évêque et j'ai pensé à Charbonneau. Le grand jeune homme ne serait pas dangereux là-bas, dans le bois. Qu'en dites-vous ?

– Bonne idée, lâcha de sa voix tonitruante le curé Barrette. Mais comment allez-vous vous y prendre ? Je vous sais influent, mais de là à convaincre Rome...

– C'est simple. Je me rends demain chez Mozzoni, qui assure actuellement l'intérim en l'absence du Délégué, et ensemble nous rédigeons un mémoire. Nous soulignons que le jeune homme a fait de brillantes études théologiques au Grand Séminaire de Montréal, qu'il a étudié la sociologie à Washington, qu'il a obtenu à Rome un doctorat en philosophie et un autre en droit canonique, qu'il est docteur en théologie de l'Université d'Ottawa, qu'il a été supérieur du Séminaire d'Ottawa en même temps que vicaire général. Tout cela est tout à fait vrai. Et tu disais tantôt avec raison, Lionel, qu'il ne manque ni d'intelligence ni de caractère...

– Mais vous ne réglez pas le problème de la succession de Mgr Forbes en envoyant Mgr Charbonneau « dans le bois » comme vous dites, objecta M^e LeBel. Le problème ici reste entier. Nous pouvons nous retrouver avec un archevêque irlandais...

— Vous ne croyez quand même pas que je n'y ai pas pensé, répondit Mgr Myrand. Le curé de Sainte-Anne n'est pas tombé de la dernière pluie ! *Hoc caverat mens provida Alfredi...* Il s'agit d'abord de nous débarrasser de Charbonneau. Une fois la voie déblayée, je propose mon candidat, mon bon ami Alexandre Vachon, directeur de l'École supérieure de chimie de l'Université Laval. Vous voyez l'heureux effet que produirait ici cet abbé dans notre milieu mixte et notre monde politique ? Un savant, un homme de science réputé dans toute l'Amérique et même en Europe. Un mi-Anglais mais, au fond, de sentiment canadien-français. D'ailleurs, il ne sera pas simple abbé bien longtemps, croyez-moi. Je sais de bonne source que dans trois mois tout au plus, il sera supérieur général du Séminaire de Québec et recteur de Laval.

Quelques instants plus tard, François entendit son père proclamer d'une voix solennelle : « Discrétion ! Discrétion ! Discrétion ! » Et le curé Myrand d'ajouter :

— Monsieur le Grand Chancelier, Monsieur l'Aumônier général, je vous salue et vous tiendrai au courant. Si je puis vous assister de quelque façon, n'hésitez pas à faire appel à mes services.

Grand Chancelier ? Aumônier général ? Qu'est-ce que cela pouvait bien vouloir dire ? Et de quelle société pouvait-il bien s'agir ? De la Saint-Jean-Baptiste dont il savait Mgr Myrand aumônier général ? D'une société secrète ? Longtemps après le départ des quatre hommes, François entendait encore dans sa tête ces paroles terribles : « C'est un déséquilibré, un anormal, un vrai cas pathologique... » Et quand il parvint finalement à s'endormir, il fit un rêve, un affreux cauchemar, moins terrible peut-être que celui de l'accident de son père mais infiniment plus rocambolesque.

Il était en enfer avec des milliers de damnés étroitement surveillés par des diables à cornes et à longue queue, armés de lances et de pioches, comme dans le dessin de l'école, qui dardaient leurs armes chaque fois qu'il essayait d'échapper aux flammes. Cette géhenne s'étendait tout au long de la rue Clarence qui traversait le Carré Anglesea. À une extrémité de la rue, une grande horloge proclamait : « Toujours brûler, jamais sortir. » À l'autre bout, une grande estrade sur laquelle dansait en petite tenue nulle autre que la belle Hélène, objet principal de ses confessions, entourée de démons qui la sifflaient et lui tendaient les bras. À travers la rue Clarence passait dans les flammes un câble de toute évidence ininflammable, retenu de part et d'autre par des centaines, sinon des milliers de personnes, laïcs et religieux. Chacun des deux groupes tirait sur le câble avec l'énergie du désespoir pour entraîner l'autre dans les flammes. D'un côté, Mgr Charbonneau et ses partisans, tous anglophones ; de l'autre, Mgr Myrand et sa petite armée de nationalistes, dont M^e LeBel, l'abbé Groulx et Mgr Barrette. François tente désespérément de s'approcher de l'aguichante Hélène mais n'y parvient pas. Il est paralysé, incapable d'avancer, comme si ses deux pieds étaient pris dans le béton.

Et il se réveille en transpiration, tout enchevêtré dans ses draps.

5. LE PIQUE-NIQUE

Août 1940.

Chaque été, le premier dimanche d'août quand le temps le permettait, sinon le dimanche suivant, les Gagnon se réunissaient tous au parc de Rockcliffe, en bordure de la rivière des Outaouais, dans la banlieue nord d'Ottawa, pour une grande fête de famille.
Et quelle fête ! Quelle famille !
Comme grand-père et grand-mère Gagnon, fidèles à la mission que s'était donnée le Canada français depuis la conquête par les Anglais, mission dite de la « revanche des berceaux », avaient eu quinze enfants et que tous, ou à peu près, portaient bien haut le même drapeau de la propagation de la « race », les Gagnon formaient l'une des plus grandes familles de Sainte-Anne, un clan où les boute-en-train et les raconteurs d'histoires ne manquaient pas – histoires un peu salées parfois, que les oncles essayaient de raconter loin des oreilles des enfants mais qui échappaient rarement à celles de François.
C'est Jules Gagnon, le plus jeune des frères de Stéphanie, plombier de son état, qui prenait l'initiative de l'organisation. La veille du pique-nique, les mères

préparaient les sandwichs, salades, tartes et gâteaux, s'assuraient que les petits soient bien propres partout, jusque derrière les oreilles, Jules faisait le tour de la famille dans sa camionnette rouge 1935 pour recueillir les gros articles – chaises pliantes, caisses d'orangeade, de Kik et de Jumbo, sans oublier évidemment l'indispensable baril de bière – et le lendemain matin, après la messe de huit heures, tous prenaient le chemin de Rockcliffe, quelques-uns en voiture, la plupart en tramway.

Seule exception dans cette joyeuse meute de loustics : Me Ferdinand LeBel. Froid et distant, pas du tout porté aux bouffonneries – ce n'est pas sans raison que certains dans la famille l'avaient surnommé « le pape » –, M^e LeBel abhorrait ce genre de fêtes et ne consentait à y assister que sur les instances de sa femme. La famille partait dans la grosse Chevrolet le plus tard possible pour ne pas prolonger indûment le supplice du « pape », passait prendre les grands-parents et arrivait au parc toujours après les autres. M^e LeBel passait la journée sous un arbre, le nez dans un livre ou dans un journal, ne bougeant de là que pour venir manger et n'engageant la conversation, quand conversation il jugeait nécessaire, qu'avec le grand-père Adélard et, quelquefois, avec la jeune femme de l'oncle Jules, Simone, dont il appréciait moins l'érudition, avait-on remarqué par sa façon de la reluquer, que la rondeur de ses seins.

Ironie du sort, le sermon à la messe de huit heures ce dimanche-là avait porté sur « l'empêchement de famille », ainsi qu'on appelait les moyens défendus par l'Église pour empêcher la conception. Le jeune abbé Cormier eût-il été prévenu que la plus prolifique famille de Sainte-Anne, celle d'Adélard et de Marie-Louise

Gagnon, avec ses quinze enfants, ses quarante-huit petits-enfants et ses dix arrière-petits-enfants, remplirait une bonne partie de la nef à cette messe matinale, probablement aurait-il choisi un thème plus approprié. Maintenant il était trop tard. Le pauvre abbé, qui avait dû très certainement passer la semaine à rédiger et mémoriser sa savante homélie, aurait eu beau invoquer le Saint-Esprit les bras en croix, il n'avait pas le talent pour improviser un sermon à la toute dernière minute, lui qui, surtout aux premières messes – il y en avait sept tous les dimanches – trébuchait à toutes les deux phrases. Les paroissiens se souvenaient l'avoir vu tellement trembler qu'il en avait perdu ses notes et avait dû quitter la chaire sans expliquer pourquoi, quand un catholique préférait le poisson à la viande, il lui fallait quand même, pour sauver son âme, manger du poisson le vendredi !

Trouvant le sujet non dépourvu d'intérêt, François avait combattu le sommeil un bon moment avant de finalement succomber aux appels de Morphée. Ses oncles et cousins, par contre, n'avaient pas attendu si longtemps : on avait vu leur tête tomber dès l'instant où le vicaire avait commencé son ascension dans le grand escalier en tire-bouchon menant à la chaire. Mais les mères, elles, qui avaient à vivre le problème, n'avaient pas manqué un seul mot de l'homélie et plusieurs d'entre elles, en arrivant au pique-nique, ne l'avaient pas encore digérée.

Les LeBel furent donc, comme de coutume, les derniers arrivés. Les oncles avaient depuis longtemps accaparé toutes les tables disponibles – on se rendait tôt justement pour s'assurer d'en avoir le plus grand nombre possible – et les avaient disposées bout à bout en deux rangées. Sur une autre de ces tables ils avaient placé les caisses de boisson gazeuse et, bien entendu, le baril de bière, solidement coincé entre deux pièces de bois pour l'empêcher de rouler. Lorsque sonneraient les douze coups de midi au carillon du Parlement, à deux kilomètres de là, les tantes recouvriraient les tables de jolies nappes de papier multicolore, y disposeraient la boustifaille et le festin commencerait.

À son arrivée, M^e LeBel salua la famille, civilité inhabituelle qui fit dire à certains qu'il devait être tombé sur la tête. Il prit même le temps de bavarder avec deux des tantes avant de s'installer tranquillement à l'ombre d'un chêne, chapeau de paille sur le front, lunettes sur le bout du nez, col et veste attachés, en compagnie d'un livre et des journaux de la veille dont il n'avait pas terminé la lecture. Grand-père Adélard prit la direction de la rivière entouré d'enfants à qui il distribuait des bonbons à la menthe. Denise disparut avec ses cousines dans un autre coin du parc, pendant que François, dont l'appétit n'avait d'égal que la curiosité, suivait sa mère et sa grand-mère Marie-Louise vers la table où deux de ses tantes bavardaient en érigeant un monticule de sandwichs et de fruits. C'est alors que François comprit à quel point les mères étaient restées accrochées au sermon du matin. Sa tante Odile protestait :

– On sait bin, c'est facile aux prêtres de dire : « Faites des enfants ! Faites des enfants ! » C'est pas eux qui les élèvent. J'en ai eu quatre en six ans et me v'là encore enceinte ! Si c'est vrai que c'est le Bon Dieu qui les envoie, y pourrait pas en envoyer aux autres de temps en temps, aux Anglaises de Rockcliffe qui ont de grandes maisons et tout l'argent pour les élever ?

Tante Agathe approuva d'emblée :

– Ça paraît peut-être pas encore et je veux pas que vous en parliez, mais j'attends mon quatrième. Je porte un corset pour pas que ça paraisse. Ça en fera quatre en six ans de mariage. À ce train-là, Odile, on va vite atteindre la douzaine ! À confesse, l'abbé Ledoux m'a parlé de continence. Il dit que ça serait permis dans notre cas. Mais c'est pas facile avec Marcel, il est plein de bonnes résolutions le lendemain des accouchements et deux semaines après il a tout oublié.

Puis, se tournant vers Stéphanie :

– J'aimerais bin connaître ta recette, Stéphanie : deux enfants et deux fausses couches, puis rien pantoute à ton deuxième mariage. T'es bin chanceuse, va !

Stéphanie ne répondit pas. C'est plutôt grand-mère Marie-Louise qui, sentant sa fille mal à l'aise, prit la parole, sans se douter un seul instant que les grandes oreilles de François entendaient tout.

– Mais vous savez, vous deux, que vous pouvez refuser quand vos maris abusent. L'Église ne les prive pas : elle leur permet de faire l'amour pendant la grossesse, les menstruations, l'allaitement, même les fêtes religieuses si le cœur leur en dit. Mais elle nous dit aussi à nous autres, les femmes, que nous avons le droit de refuser quand ils en demandent trop souvent...

– Et ça veut dire quoi « trop souvent »? demanda Odile.

– Trois ou quatre fois la même nuit, d'après ce qu'un prêtre m'a déjà dit...

– Arthur en demande rarement trois ou quatre fois la même nuit, seulement une ou deux. Mais il lui en faut chaque nuit ! Quand j'en parle au confessionnal, le prêtre me dit d'offrir ça en sacrifice. Il ne pourrait pas dire à Arthur de se retenir, lui, par esprit de sacrifice ? On dirait des fois que l'Église nous prend pour des manufactures !

— Parles-en à l'abbé Ledoux, conseilla Agathe. Il est plus compréhensif.

— Vous pourriez peut-être vous renseigner sur la méthode... (elle hésita). J'oublie le nom. La méthode Ogino quelque chose, osa suggérer Marie-Louise. On dit que des prêtres la permettent en certaines circonstances.

La conscience de François avait beau le presser de s'éloigner, de détourner son attention d'une conversation qui ne le concernait aucunement, de se mêler à la troupe de cousins qui ne cessait de grandir autour du grand-père, le démon de l'indiscrétion le tenait dans ses griffes, insistant sur le fait que, si le Bon Dieu lui avait donné des oreilles aussi fines et aussi grandes à défaut de bons yeux, ce devait être pour qu'il s'en serve et que, de toute manière, il fallait bien qu'il se renseigne là-dessus comme sur le reste.

— Vous voulez parler de la méthode Ogino-Knaus, précisa Stéphanie, apparemment mieux renseignée. J'ai lu de la documentation là-dessus : il faut savoir quand on est fertile dans le mois et éviter les relations pendant ce temps-là. Mais c'est loin d'être une méthode sûre. Ça peut marcher chez les femmes régulières comme une horloge, à condition que le mari coopère. Mais un tas de facteurs peuvent faire que même une femme régulière tombe enceinte : un choc, une émotion, un petit verre de trop...

— Autrement dit, à part la méthode de l'aspirine entre les deux genoux, y a seulement un moyen sûr, lança Odile, le condom ! À propos, chuchota-t-elle après un moment de silence, j'en ai une bonne à vous raconter, mais vous devez me promettre de n'en parler à personne. Ça me gêne un peu, mais il faut que je le dise à quelqu'un. Imaginez-vous que...

Odile baissa tellement la voix que François, malgré la finesse de son ouïe, perdit la suite. Il vit sa tante prendre son sac à main qui reposait sur une chaise pliante, l'ouvrir et en retirer une enveloppe blanche. En apercevant l'objet que contenait l'enveloppe, la grand-mère recula comme si quelque serpent venimeux, voire le diable lui-même, allait lui sauter au visage.

– Voici, dit Odile, tenant entre le pouce et l'index un condom déroulé. Je l'ai trouvé comme ça, à ma porte, sans emballage, sans lettre, dans cette enveloppe adressée à mon nom. Je n'en ai même pas parlé à Arthur, j'étais trop gênée. Quelqu'un a voulu me faire une blague, c'est sûr. Quelqu'un de la famille peut-être ; Jules en serait bien capable. Ou une de mes voisines anglaises qui a remarqué ma bosse.

C'était la première fois qu'il était donné à François de voir un condom. Il en avait entendu parler ; ses compagnons de classe appelaient la chose une « capote » ou, le plus souvent, un « safe ». Eût-il été de couleur, il aurait cru que c'était un ballon de fête dégonflé.

Agathe et sa mère restèrent bouche bée.

– Promets-moi, Odile, dit Marie-Louise, que jamais tu ne te serviras de ces choses-là. S'il fallait que j'apprenne un jour qu'une de mes filles a utilisé un moyen semblable pour empêcher la famille, je pense que j'en mourrais de chagrin.

François n'était pas particulièrement fier de lui. Écouter des discussions politiques à travers le plancher de bois de sa chambre n'écorchait pas trop sa conscience. Avait-il d'ailleurs le choix quand on épiloguait à tue-tête sous ses pieds jusqu'à onze heures le soir? Mais quelle justification avait-il de tendre l'oreille aux conversations intimes de ses tantes sur un problème dont certains aspects lui échappaient complètement? Par exemple, pourquoi le Bon Dieu tenait-il qu'il y ait tant d'âmes au ciel pour «chanter ses louanges»? On a beau aimer les grosses chorales... Et comment loger tout ce beau monde dans la vallée de Josaphat le jour de la résurrection? Des âmes, ça se compresse, mais des milliards de corps ressuscités? Et si Dieu est infiniment bon, comment pourrait-il faire brûler ses deux tantes éternellement en enfer alors que Gros-Louis Latouche, lui, de loin la pire brute de Brébeuf, n'avait pas été assez cruel pour clouer un crapaud à un poteau de clôture un jour où ses amis l'avaient mis au défi de le faire?

Il y avait dans ce parc, sur une colline surplombant la rivière, un pavillon de pierre grise couvert de tuiles rouges, où l'on pouvait, l'été, se protéger d'un orage soudain ou échapper au soleil trop ardent. François y vit son grand-père qui gesticulait, entouré d'une bonne douzaine de ses petits-enfants, et décida de se joindre à eux.

Malgré ses soixante-huit ans bien comptés, Joseph Omer Adélard Gagnon était encore remarquablement alerte. François l'avait aperçu plus tôt gravir la colline avec la même facilité qu'il dansait des gigues aux soirées du jour de l'An. Mais, surtout, le grand-père était demeuré extrêmement vif d'esprit et doué d'une mémoire prodigieuse. Ses connaissances, principalement en histoire, en faisaient aux yeux de M^e LeBel le moins ignare de la famille, voire un interlocuteur presque valable. À toutes les fêtes de famille, son plus grand plaisir était de raconter des histoires, le plus souvent des anecdotes sur la vie de jadis. Cette fois, il avait choisi de parler aux enfants d'un homme fort, Jos Montferrand, un géant si agile qu'il pouvait laisser sur un plafond la marque de ses talons[6].

– Autrefois, commença-t-il en allumant son inséparable pipe de bruyère, il n'y avait que des arbres ici. Le bois était la grande industrie. Tout l'hiver, de novembre à mars, les hommes abattaient les arbres, les émondaient, les glissaient vers la rive sur la neige et, au printemps, les reliaient en de grands radeaux qu'ils faisaient flotter, souvent jusqu'à Montréal et même Québec. On appelait ces radeaux des « cages » et les hommes qui les conduisaient, des « cageux » ou *raftsmen*. Il fallait des types extrêmement forts pour bâtir ces cages ; un seul arbre imbibé d'eau pouvait peser des tonnes, et une cage était souvent formée de deux mille billots. Plus encore que la force, il fallait du courage parce que, tout au long du parcours, il y avait des rapides. Quand la cage restait prise dans les roches, on attachait un homme à une corde et on l'envoyait avec sa hache bûcher les billots accrochés. Malheureusement, il n'en revenait pas toujours ; souvent il mourait noyé ou écrasé par les billots. Jos Montferrand était un de ces cageux, courageux et fort comme un bœuf, un Canadien français qui n'avait pas froid aux yeux...

Les enfants écoutaient, attentifs, les yeux écarquillés, pigeant de temps en temps dans le grand sac de bonbons que l'aïeul avait toujours soin d'apporter à

---

6. Brault, Lucien. *Ottawa, capitale du Canada de son origine à nos jours.*

ces fêtes de famille, habitude qui le rendait aussi populaire auprès des jeunes que ses histoires. Il s'arrêta un moment, vit quelques-uns de ses fils et gendres qui avaient l'air de discuter âprement dans le voisinage du baril de bière et, tout en continuant sa leçon d'histoire, se dirigea lentement vers eux.

– La plupart des bûcherons étaient des Canadiens français catholiques. Mais quand commença la construction du canal Rideau, là-bas, fit-il en pointant du doigt dans la direction du Château Laurier, alors arrivèrent des gens de toutes races et de toutes religions. Ils recevaient leur paie le samedi matin et, l'après-midi, l'avaient déjà toute bue. Souvent ils perdaient la tête et réglaient à coups de poings leurs disputes de la semaine. On avait même construit pour eux une arène de boxe rue Rideau, près de Mosgrove. Souvent aussi, les spectateurs se mettaient de la partie et, comme il n'y avait pas de police dans ce temps-là, ça dégénérait parfois en bagarre générale...

Les cousins de François raffolaient des histoires de batailles. Surtout, ils aimaient en voir, d'où la popularité du jeu de crosse qui, lors des matchs disputés au Carré Anglesea, finissaient en bagarres une fois sur deux. D'où aussi le plaisir qu'ils avaient à «jouer aux sauvages» dans les cours du quartier : ils avaient même une fois ligoté à un arbre la sœur de François pour lui faire subir le sort des saints martyrs canadiens – à moins que ce ne fût celui de Jeanne d'Arc ! – mais n'avaient pas, heureusement, trouvé d'allumette...

– Un jour, de continuer le grand-père, arrivèrent d'Europe des hommes encore plus durs et plus méchants que les pires fripouilles qu'on pouvait trouver dans le pire des chantiers. Leur but, chasser les Canadiens français de l'industrie du bois et prendre leurs jobs par tous les moyens possibles : gâter l'eau des puits, incendier les écuries, assommer des passants paisibles, sortir le ménage des pauvres gens dans la rue pendant la nuit, déshabiller des enfants en hiver pour les voir courir nus dans la neige, disperser des cortèges funèbres, sortir le cercueil du corbillard et étendre le cadavre dans la rue. Jusqu'au jour où Jos Montferrand se fâcha bien dur...

Ludger Thérien, le moins sympathique des oncles de François, tout récemment marié à une autre des sœurs de Stéphanie, Imelda, afin d'échapper au service militaire obligatoire qui pesait sur la tête des célibataires comme une épée de Damoclès, avait entendu la dernière partie de l'histoire et, curieux, s'était approché pour écouter.

– Un soir, de poursuivre le grand-père, Montferrand entend dire qu'une douzaine de ces hommes, qui viennent tout juste de massacrer des Canadiens français, font une fête pour célébrer leur victoire. Il part seul, entre dans la maison, s'approche du violoneux qui mène le bal, saisit son violon et l'écrase d'une main. Plusieurs veulent se sauver, mais il braque sa haute carcasse devant eux. Une véritable armoire à glace, ce Montferrand ! Trois ou quatre colosses se jettent sur lui ; il les envoie rouler chacun dans un coin. De l'étage supérieur, personne n'ose descendre et Montferrand ne veut pas aller à eux par l'escalier. Qu'est-ce qu'il fait ? Fort comme Hercule et agile comme un singe, il lève la jambe et brise une à une les planches du plafond. Chaque homme qui tombe, le géant l'attrape au passage et le lance par la fenêtre. Quand c'est une femme, il la plante par terre dans un coin et lui ordonne de ne pas bouger. Une fois les hommes sortis, il se tourne vers les femmes et leur dit : « Allez, Mesdemoiselles, rejoindre vos cavaliers. »

Ludger, la main gauche dans la poche de sa veste, secoue de l'autre la cendre de son cigare.

— Mais vous oubliez des faits importants, le beau-père. Vous oubliez de dire que ces hommes étaient des orangistes qui avaient juré de défendre l'Empire britannique et les protestants par tous les moyens, de combattre la papauté et tout ce qu'il y avait de catholique. Vous oubliez de dire que le Canada est encore plein d'orangistes et de francs-maçons, qu'il y a encore au pays plus de cent soixante mille francs-maçons répartis dans mille trois cents loges et qu'ici même à Ottawa, il y a douze loges maçonniques dont l'une s'appelle *Civil Service*[7]. Ces gens-là accaparent les postes importants au gouvernement et ailleurs. Ils bloquent l'avancement des Canadiens français catholiques. S'ils ont cessé d'empoisonner nos puits et de brûler nos maisons, ils ne sont pas moins écœurants qu'au temps de Montferrand...

Les cousins comprirent par le ton plus que par les mots que l'histoire du grand-père était finie et que rien de bien drôle ne pouvait suivre. Tandis que la plupart accouraient vers les tables que les mères finissaient de garnir, François décida de s'attarder un peu, curieux de savoir ce qui pourrait encore sortir de « la grande gueule à Ludger ».

Roulant entre le pouce et l'index de sa main gauche sa large moustache noire bien cirée, Ludger Thérien,

---

7. Germain, Noël, s.j., *Encyclopédie Grolier*, Montréal.

agent d'assurances et vendeur d'encyclopédies, prit son beau-père par les épaules et, se penchant vers lui tout en marchant, lui dit à voix basse, mettant à l'épreuve sans le savoir les fines oreilles de François :

– Monsieur Gagnon, j'ai une question qui me brûle les lèvres chaque fois qu'il m'arrive de vous rencontrer. Est-ce que par hasard vous ne feriez pas partie de... l'Ordre de Jacques-Cartier ?

– Pardon ?

– Oui, l'Ordre de Jacques-Cartier, la *Patente*...

– Qu'est-ce que c'est ? demanda le grand-père. De quoi parlez-vous ?

Ludger hésita un moment puis, confus, regrettant de toute évidence sa question :

– C'est le nom d'une... association. Quelque chose de nouveau. Mais c'est sans importance. Venez, dit-il en le prenant par le bras, allons manger. Vous devez avoir l'estomac dans les talons.

Le carillon du Parlement sonnait midi et, au moment où François suivait Ludger et son grand-père vers les six grandes tables recouvertes de victuailles de toutes sortes, dernier festin auquel la grande famille allait goûter avant le rationnement et autres privations qu'imposerait la guerre, chacun entendit l'oncle Alfred crier de sa voix de stentor :

– C'est prêt ! Venez manger !

Ayant subtilisé quelques sandwichs une heure plus tôt, François avait peut-être un peu moins faim que certains de ses oncles qui, depuis leur arrivée, n'avaient cessé de se faire un appétit autour du baril de bière. Mais comme à quinze ans tout se digère si vite, ce n'est pas sans joie qu'il prit place au banquet entre son oncle Jules et sa tante Simone dont la taille, remarqua-t-il, avait pris de l'ampleur, sans doute pour faire place à un autre petit cousin. Au fond, il valait peut-être mieux, pensa-t-il, qu'elle n'eût pas ses formes habituelles; il allait pouvoir suivre les conversations avec plus d'attention, conversations qui, subitement orientées vers la politique canadienne et la guerre qui sévissait en Europe, ne devaient pas tarder à s'animer.

6. DE LA GRANDE VISITE

Assoiffé de conquêtes, Hitler avale ses voisins l'un après l'autre : après les Sudètes, c'est le reste de la Tchécoslovaquie, l'Autriche, la Pologne. L'Angleterre et la France ont fini par lui déclarer la guerre mais, paralysé par l'indécision, l'Ouest a mis tant de temps à riposter que les troupes allemandes ont eu tout le loisir d'envahir la Norvège et le Danemark, puis la Belgique et les Pays-Bas. Le 14 juin 1940, elles sont entrées à Paris.

Le Canada avait commencé par afficher, du moins officiellement, une certaine neutralité. En mars 1939, le Premier ministre Mackenzie King avait qualifié de folie « l'idée que tous les vingt ans le Canada devrait automatiquement et naturellement prendre part à une guerre européenne ». Et il avait promis que si par malheur la guerre éclatait, jamais un Canadien ne serait forcé d'aller combattre outre-mer. Le lieutenant québécois de Mackenzie King, Ernest Lapointe, avait renchéri : « Les Canadiens français ne conviendront jamais qu'un gouvernement, quel qu'il soit, ait le droit de leur imposer le service militaire outre-mer. Telle était mon opinion en 1917 et elle n'a pas changé. »

King et ses libéraux, tout comme le gouvernement conservateur de Robert Borden en 1914, comptaient évidemment que les volontaires seraient assez nombreux pour qu'on n'ait pas à décréter la conscription. Ce dimanche du mois d'août 1940, à midi, quand la famille des Gagnon se mit à table pour célébrer l'été à l'ombre de deux grands érables, les faits semblaient leur donner raison : deux des petits-fils d'Adélard s'étaient déjà portés volontaires et deux autres se proposaient d'en faire autant. C'est encore Ludger-le-fanfaron qui, réchauffé par la bière qu'il n'avait cessé d'ingurgiter toute la matinée, mit le feu aux poudres. S'adressant au grand Luc, tout fier de porter pour la première fois son uniforme de l'infanterie canadienne, et au beau Guy, magnifique dans son uniforme de la *Royal Canadian Air Force*, il leur lança à brûle-pourpoint entre deux bouchées de sandwich au porc frais et deux gorgées de *Black Horse* :

– Comme ça, les jeunes, vous pensez que vous allez défendre votre pays ! Vous pensez qu'on va vous récompenser, qu'on va vous couvrir de médailles. Vous ne voyez pas plus loin que votre nez. C'est pour défendre l'Angleterre, pas le Canada, que vous portez cet uniforme. C'est pour aider les Anglais, les protestants, les orangistes, les francs-maçons, que vous allez risquer votre peau ; pour aider des gens qui nous écrasent depuis toujours, qui nous volent nos jobs, qui s'enrichissent à nos dépens. Et pour vous récompenser, qu'est-ce qu'on va faire ? On va vous angliciser ! Quand vous allez revenir – si jamais vous revenez –, vous ne parlerez plus un maudit mot de français !

Comme les deux jeunes n'osaient ouvrir la bouche, c'est Jules qui se porta à leur défense.

– T'as l'air d'oublier, Ludger, que les Allemands sont à Paris. C'est pas vrai de dire qu'on nous demande d'aller nous battre pour l'Angleterre. C'est toute l'Europe qui risque d'y passer. Si on n'arrête pas Hitler en Europe...

Jules n'avait pas eu le temps de finir sa phrase que tous les oncles et beaux-frères, à quelques exceptions près, se mettaient à parler en même temps, à crier, à s'injurier, à brandir le poing.

– On nous demande d'aller sauver l'Europe comme en 1914. On nous demande encore d'aller réparer les pots cassés. Mais c'est pas nous qui les avons cassés, ces pots-là, târieux! C'est pas notre faute si les vieux pays peuvent pas s'entendre!

– Leur diplomatie vaut pas mon fond de culotte! Chamberlain, y vaut pas le prix de son parapluie...

– Mais paraîtrait qu'on a vu des sous-marins allemands dans le Saint-Laurent...

– T'es malade!

– Tu peux pas le savoir, tu sais pas lire. Tu lis pas les journaux...

– Les jobs sont rares comme les mouches en janvier. Le pays est plein de chômeurs. S'enrôler est une manière de gagner sa vie...

– Et surtout de la perdre!

– Ça permet de voir du pays.

– Mais qui veut voir l'Angleterre se faire bombarder? Faut être stupide pour penser qu'on va là en touristes...

– Et ceux qui pensent qu'en s'enrôlant tout de suite ils vont servir seulement au Canada, ils se pissent dans la cervelle. Ils vont subir tellement de pression qu'ils vont se sentir obligés de signer pour l'Europe.

– Surtout les Canadiens français comme nous autres. On va les traiter de peureux, de « French pea soup » s'ils ne signent pas.

– C'est pour ça que tu viens de te marier, Ludger ? Pour échapper au service militaire ? Maudite mitaine !

Rouge de colère, l'agent d'assurances cherchait une réplique appropriée quand le grand-père Adélard, voyant que la discussion tournait au vinaigre, s'interposa :

– Du calme, du calme, les jeunes ! On est ici pour s'amuser en famille. Vous n'allez pas commencer à vous battre !

– En tout cas, reprit Ludger, on ne me fera pas changer d'idée : le Canada n'est entré en guerre ni pour arrêter Hitler, ni pour défendre la démocratie. Il est entré en guerre parce que l'Angleterre était en guerre. King et Lapointe trouveront bien un moyen de faire oublier leur promesse. Parce que, au fond de leur cœur, les Anglais du Canada la veulent cette maudite conscription, comme ils la voulaient en 1914...

Sauf pour se délecter de la salade que tante Artémise avait apportée, « le pape » n'avait pas ouvert la bouche. Le repas terminé, il était retourné sous son arbre. Les femmes avaient rapidement débarrassé les tables pour faire place aux hommes impatients de commencer leur traditionnelle partie de poker, pendant que François et une vingtaine de ses cousins formaient deux équipes de balle molle et que la vieille tante Ernestine, sœur de grand-mère Gagnon, entourée de trois de ses filles les plus mal en point, vantait les vertus de divers cataplasmes dont elle avait le secret : tranches d'oignons contre les maux d'oreilles, tranches de pommes de terre contre les maux de tête, bouse de vache contre les maux de gorge, crottes de mouton contre les oreillons.

Vers trois heures, alors que François était au bâton, guettant à travers ses épaisses lunettes la balle que Ti-Clin Gagnon se préparait à lui lancer, il entendit un coup de klaxon et vit s'arrêter en bordure du chemin menant au pavillon une grosse voiture grise, brillante comme un sou neuf. C'était, impossible de s'y méprendre, la Cadillac du curé Myrand !

Les voitures d'un tel luxe ne foisonnaient pas en 1940. À peine sorti de la Grande Dépression, le pays s'engageait maintenant dans une guerre qui, si elle devait créer des emplois, allait imposer à sa population de nouvelles privations, y compris le rationnement de nombreux produits. À Ottawa, on voyait des Cadillac surtout sur la colline parlementaire, dans le voisinage des ambassades, le long du Driveway et à Rockcliffe notamment, mais rarement dans la basse-ville, efficacement desservie d'ailleurs par le tramway. À Sainte-Anne, seul le curé possédait une Cadillac. Deux ou trois fois la semaine son chauffeur-sacristain, Séraphin Bélisle, la lavait, la frottait, l'astiquait. Souvent François voyait Monsieur Bélisle arriver avec un dignitaire tout de rouge vêtu sur la banquette arrière, ou partir avec le curé pour Dieu sait quelle destination.

Cette fois, François pouvait distinguer deux prélats sur la banquette arrière. Impressionnant dans sa livrée de chauffeur, avec casquette, blouson et bottes de cuir, Séraphin Bélisle s'empressa d'ouvrir la portière gauche. En émergea le curé Myrand dans toute sa spendeur de prélat domestique, soutenu par sa canne et arborant le plus large des sourires. Puis le dévoué sacristain courut ouvrir la portière droite, d'où sortit, à la surprise générale, nul autre que l'archevêque d'Ottawa, Son Excellence Mgr Alexandre Vachon[8]. Dès qu'il aperçut François, le curé lui fit signe d'approcher, saisit son bras et s'avança vers ses ouailles.

– Chers paroissiens et amis, dit-il avec des trémolos dans la voix comme dans ses plus vibrants sermons, votre curé a l'insigne honneur de vous présenter votre nouvel archevêque, Son Excellence Mgr Vachon. En apprenant ce matin que la belle et grande famille des Gagnon tenait son pique-nique annuel, j'ai aussitôt téléphoné à Son Excellence pour la prier de bien vouloir rehausser votre fête de sa présence. Je la remercie en votre nom d'avoir bien voulu accepter. Votre curé ne pouvait pas, je crois, vous faire un plus beau cadeau.

François voyait le nouvel archevêque pour la première fois. Très grand, plus grand que le plus grand des membres du clan Gagnon, c'était un bel homme, rougeaud, souriant, qui marchait lentement, cérémonieusement, les mains jointes sous sa croix pectorale, le dos prématurément voûté comme si le poids de sa nouvelle charge l'écrasait déjà. Il s'avança tranquillement vers le grand-père Adélard venu le premier à sa rencontre, le laissa s'agenouiller et baiser son anneau, puis passa de l'un à l'autre, s'amusant à ébouriffer les enfants, tendant la main aux plus grands pour qu'eux aussi se prosternent et baisent l'insigne de sa fonction.

---

8. Alexandre Vachon (1895-1953), professeur de chimie et de géologie au Petit Séminaire de Québec, nommé recteur de l'Université Laval en 1939, archevêque d'Ottawa en 1940 et, quelques mois plus tard, Grand Aumônier de l'Ordre de Jacques-Cartier.

Mgr Myrand, qui connaissait bien tous ses paroissiens, le suivait pas à pas en lui présentant chacun par son nom, son prénom, son occupation. Quand vint le tour de M⁰ LeBel, le curé eut ces mots :

— Et voici M⁰ LeBel que vous connaissez déjà, je crois.

— Mais oui, répondit l'archevêque. Je suis ravi de vous revoir, M⁰ LeBel. Quelle belle fête ! Et quelle belle famille !

Ainsi, le grand chef de l'Ordre de Jacques-Cartier connaissait déjà Mgr Vachon qui venait tout juste d'être nommé achevêque d'Ottawa ; les deux hommes s'étaient rencontrés. François se rappela les paroles de Mgr Myrand le soir où il était venu au cabinet de son beau-père avec l'abbé Groulx pour discuter de la succession de Mgr Forbes. Celui-ci favorisait son Grand Vicaire, Mgr Charbonneau, mais le curé Myrand et l'abbé Groulx s'y opposaient formellement. Mgr Myrand avait promis de faire tout en son pouvoir pour convaincre Rome de nommer Mgr Charbonneau évêque de Hearst. « Là-bas, dans le bois, il ne serait pas dangereux », avait-il dit.

Mais son entreprise n'avait réussi qu'à moitié. En fait, elle avait fait boomerang. Mgr Charbonneau avait en effet été nommé évêque de Hearst en 1939. Mais comme l'archevêque de Montréal, Mgr Gauthier, âgé et malade, n'était plus apte à assumer ses tâches, le Vatican avait jugé, sans doute à la lumière du panégyrique que Mgr Myrand et le substitut du Délégué apostolique avaient soigneusement préparé, que Mgr Charbonneau était l'homme tout désigné pour diriger l'archidiocèse le plus important du Canada. Est pris qui croyait prendre ! Mgr Joseph Charbonneau, chassé d'Ottawa, occupait les fonctions d'archevêque de Montréal depuis trois mois au moment où, par ce beau dimanche d'août, Mgr Vachon inondait de ses bénédictions la belle et grande famille des Gagnon.

 Toute la famille ? Non, pas tout à fait. Ti-Claude, Ti-Paul et Ti-Jacques s'étaient discrètement évaporés pour fumer en cachette, au bord de la rivière, le paquet de *Sweet Caporal* qu'ils avaient acheté la veille. Denise et son cousin Philippe « cousinaient » dans un buisson, tandis que la pauvre Odile, la mine déconfite, était demeurée seule sur un banc, loin de l'attroupement, craignant peut-être que le très perspicace curé Myrand, capable de lire, disait-on, jusqu'au plus profond des consciences, ne voie dans ses yeux l'objet diabolique qu'elle cachait nerveusement dans son sac : un condom !

7. LES ANTICONSCRIPTIONNISTES

Octobre 1941.

Si François connaissait maintenant le nom de la société secrète qui tenait ses réunions chez lui, sous ses pieds, il ignorait toujours pourquoi ces délibérations qui le tenaient souvent réveillé jusque tard en soirée avaient lieu là plutôt qu'au presbytère ou à la salle paroissiale de l'autre côté de la rue.

Il se disait que, peut-être, le presbytère ne disposait pas de pièce assez grande pour recevoir douze ou quinze personnes à la fois. Mais toutes les assemblées ne réunissaient pas autant de monde; on n'était parfois que quatre ou cinq. Il savait par ailleurs que le curé, moins pour contribuer à l'effort de guerre, disaient des paroissiens, que pour garnir les coffres de la fabrique, avait loué une partie de la salle paroissiale à un régiment d'infanterie de l'Armée canadienne. Mais une partie seulement. Alors ?

Ce lundi d'octobre 1941, les participants arrivèrent chez M^e LeBel un peu avant huit heures. François les vit par la fenêtre descendre du tramway ou garer leurs voitures ici et là des deux côtés de la rue, à quelque distance l'une de l'autre comme pour éviter un attroupement qui aurait pu attirer l'attention. À l'exception du curé Barrette, facilement identifiable par sa taille imposante, sa démarche et sa canne, il n'en reconnut aucun. La nuit commençait à tomber sur des visages que la pâle lumière des réverbères ne permettait pas d'éclairer. Il ne parviendrait à identifier pendant cette réunion que la voix du curé Barrette et celle de son beau-père. Dès que Mgr Barrette eut terminé la prière d'ouverture, M^e LeBel prit la parole.

— Messieurs, dit-il, l'heure est grave. Nous savons de la bouche même d'un de nos frères très près du cabinet de Mackenzie King que celui-ci, pressé par Londres et les Anglo-Canadiens, songe à décréter la conscription. Il tiendrait bientôt un plébiscite national pour se faire relever des promesses qu'il a faites de ne jamais recourir à l'enrôlement obligatoire. Mais nous, nous disons NON! Le gouvernement doit respecter ses engagements. Et c'est pourquoi nous sommes réunis ici ce soir. Il nous faut établir la stratégie qui nous assurera qu'aucun des nôtres ne sera forcé d'aller en Europe se sacrifier pour des puissances étrangères.

François était sur le point d'avoir seize ans et, plus que la plupart des jeunes de son âge, il s'intéressait à la politique. Tous les jours il dévorait les journaux, il écoutait la radio et, deux ou trois fois la semaine, après le souper, il allait faire de longues marches avec son savant et volubile grand-père Adélard, féru d'histoire et de politique, qui habitait à deux rues de chez lui.

Il savait par exemple que depuis la défaite des libéraux de Laurier en 1911 et la guerre de 1914-1918 au cours de laquelle le gouvernement conservateur avait décrété la conscription, le Parti libéral avait juré à chaque élection, pour s'assurer l'appui du Québec bien sûr, de ne plus jamais entraîner le Canada dans une « guerre étrangère » – ce qui n'avait pas empêché King de déclarer la guerre à Hitler en 1939, de faire voter d'énormes crédits et d'augmenter considérablement les effectifs militaires, mais sans encore forcer les Canadiens à servir outre-mer. Les volontaires, croyait-il toujours, allaient être assez nombreux pour assurer la relève en Europe. François savait aussi qu'aux Communes, tandis que l'Opposition conservatrice réclamait à grands cris la conscription, le gouvernement libéral de Mackenzie King se voyait partagé, les libéraux les plus farouchement opposés à la conscription étant onze députés francophones du Québec, dont celui de Beauharnois, un certain Maxime Raymond.

Dès les premiers mots de M[e] LeBel ce soir-là, François comprit qu'il allait apprendre des choses intéressantes et, pour s'assurer de ne rien manquer, approcha tout doucement sa chaise et sa table de travail du calorifère par où, lui semblait-il, le son montait encore plus facilement que la chaleur, et entreprit de prendre des notes dans un grand cahier noir à feuilles lignées, comme s'il sentait qu'il allait être un témoin privilégié de l'histoire.

– Il faut mobiliser tous nos gens, d'insister M[e] LeBel. Il faut nous unir, former un front commun, une ligue. J'ai pensé justement qu'on pourrait l'appeler « Ligue pour la défense du Canada » et en confier la direction au frère Maxime Raymond qui mène déjà aux Communes, avec courage et ténacité, notre lutte contre la participation du Canada à cette guerre. Dès que le gouvernement annoncera sa décision de tenir son plébiscite, la CX enverra des circulaires aux GC de toutes les XC.

Des projets ont déjà été préparés. Je demanderai tantôt au frère secrétaire de vous en soumettre le texte...

François n'ignorait pas que le mot « frère » s'employait pour désigner les membres d'une société secrète. Mordu du dictionnaire, il n'ignorait pas non plus que le terme « commanderie », qu'il avait maintes fois entendu au cours de réunions précédentes, faisait partie du vocabulaire de certains ordres religieux et militaires d'autrefois. Mais XC, GC ou CX, quel mystérieux jargon !

– Je propose encore, de continuer M^e LeBel, qu'on demande au directeur du *Devoir*, le frère Georges Pelletier, d'expliquer avec force dans ses pages pourquoi il faut à tout prix voter non au plébiscite. Je n'ai aucun doute qu'il y mettra le même zèle qu'a déployé, lors du précédent conflit mondial, notre valeureux compatriote Henri Bourassa. Comme secrétaire de cette ligue, je verrais très bien André Laurendeau, une fine plume, et parmi les directeurs le jeune et dynamique Jean Drapeau, deux des nôtres promis à de brillantes carrières. Il faut que la consigne soit diffusée à travers le Canada français tout entier, que des assemblées soient tenues dans toute la province de Québec, dans toutes les paroisses francophones de l'Ontario, de l'Ouest et du Nouveau-Brunswick...

François entendit des bravos et des applaudissements. Puis une voix :

– J'aime bien le nom que vous proposez : Ligue pour la défense du Canada. Car ce n'est pas seulement le Canada français qu'il s'agit de défendre, c'est le Canada tout entier. Si nos chers anglophones étaient plus des Canadiens que des British, eux aussi se battraient contre la conscription. Nous sommes seulement onze millions et demi de Canadiens et nous sortons d'une crise économique terrible. Cette guerre nous coûte déjà un million de dollars par jour et ça ne suffit pas, on veut en plus notre sang! Si ce n'était de l'Angleterre, nous ne serions pas en guerre et on ne parlerait pas de conscription. Est-ce que les États-Unis sont en guerre, eux? Non. Et pourtant, ils en auraient bien plus les moyens que nous. Ils ont la chance d'être indépendants de l'Angleterre.

Une autre voix :

– Pensons aussi que la conscription nous coûterait encore plus cher en vies humaines à nous, Canadiens français, qu'aux anglophones. La moitié des Canadiens français ont moins de vingt-cinq ans. Les Anglais, eux, n'en font pas d'enfants, ils font venir des immigrants à la place. Au fond, c'est peut-être ça qu'ils veulent avec leur maudite conscription : nous faire disparaître!

Puis une voix forte que François identifia facilement, celle du curé Barrette, au service d'un argument que le bon prêtre jugeait sans doute péremptoire :

– Et ça voudrait dire pour l'Église moins de vocations! Je me demande bien ce que le cardinal Villeneuve attend pour se prononcer.

– Idéalement, de poursuivre M^e LeBel, c'est plus qu'une ligue contre la conscription qu'il nous faudrait, c'est un nouveau parti politique capable de nous protéger de l'ingérence grandissante d'Ottawa dans les affaires des provinces. La situation est devenue intolérable. En 1936, quand l'Ordre a fait élire Maurice Duplessis, nous pensions avoir trouvé là un champion de l'autonomie provinciale. Hélas! Monsieur Duplessis s'est révélé bien plus conservateur qu'autonomiste. Et c'est pire encore avec Adélard Godbout. Au train où vont les choses, l'autonomie des provinces ne sera plus qu'une farce et le Québec finira par disparaître dans le grand creuset canadien...

François avait-il bien compris ? Duplessis avait pris le pouvoir au Québec en 1936 grâce à l'Ordre de Jacques-Cartier ?

Une voix perçante, presque féminine, traversa alors le plancher :

– Mais lancer un parti politique canadien-français, c'est toute une affaire. Il faut d'abord de l'argent et nous sommes pauvres comme Job...

Puis une voix enrouée :

– D'accord, nous n'avons pas les moyens financiers des vieux partis. Cependant nous disposons d'une organisation de milliers de membres prêts à travailler gratuitement dès que nous leur en ferons la demande, même à contribuer financièrement. Qui peut en dire autant ?

Une voix cultivée, un peu précieuse :

– À mon avis, c'est maintenant ou jamais. Cette nouvelle guerre a uni les Canadiens français encore plus qu'en 1914 et la conscription qui nous menace les unira davantage. Jamais le moment n'a été aussi propice à la fondation d'un parti politique. Et comme il s'agit de faire bloc contre les impérialistes, contre les ennemis du Québec, du Canada français et du Canada tout court, je propose qu'on appelle cette formation *Bloc populaire canadien*[9]...

– Je retiens votre suggestion, dit M^e LeBel, mais, si vous le voulez bien, contentons-nous ce soir de créer cette Ligue pour la Défense du Canada. Pour ce qui est du parti politique, on en reparlera.

---

9. La Ligue pour la Défense du Canada vit le jour en janvier 1942 et le Bloc populaire neuf mois plus tard. – Réf. *Le Bloc populaire, 1942-1948*, de Paul-André Comeau.

François entendit ensuite le secrétaire faire lecture de trois projets de circulaires destinés aux frères des différents niveaux. Trois longs textes dont il ne nota dans son journal que l'essentiel : « La réponse au plébiscite doit être NON... Il est entendu que l'acceptation de ce mot d'ordre se fera sans discussion. » La lecture terminée, applaudissements et bravos fusèrent, puis François entendit son beau-père décréter : « La séance est levée. Discrétion ! Discrétion ! Discrétion ! »

Il passait onze heures quand les voix se turent enfin, voix que l'imagination débridée de François avait affublées des visages les plus grotesques. L'homme à la voix rauque, il l'avait imaginé obèse, puant le gros cigare ; celui à la voix aiguë, tapette ou souris de bénitier. Il faudrait bien qu'une bonne fois il se plante à la porte pour leur voir la face à tous ces types-là. Ou qu'il perce le plancher.

Bientôt, François entendit des pas dans l'escalier, puis la porte de la chambre de ses parents s'ouvrir et se fermer. Malgré le silence qui enveloppait maintenant la vaste demeure, il mit du temps à s'endormir.

Toujours les mêmes questions : comment expliquer que des délibérations aussi importantes touchant l'ensemble du Canada français, et plus particulièrement la province voisine, se tiennent à Ottawa plutôt qu'à Montréal ou à Québec ? Et pourquoi sous son toit ?

Puis il pensa à la guerre, à ses cousins Luc et Guy qui s'étaient portés volontaires pour combattre en Europe et dont les familles étaient sans nouvelles depuis des mois. En juin, le gouvernement avait décrété que tous les Canadiens de vingt et un à vingt-quatre ans en bonne santé devaient s'enrôler pour servir à l'intérieur du Canada. L'accepterait-on, lui, s'il avait l'âge ? Probablement pas ; étant donné sa myopie, il « viserait le noir et tuerait le blanc »... Mais le gouvernement avait son nom dans ses dossiers. Lors du récent enregistrement national, que plusieurs avaient considéré comme un prélude à la conscription pour service outre-mer, un fonctionnaire lui avait remis un long formulaire qu'il avait rempli le plus consciencieusement du monde. Tellement qu'à la question : « Combien de langues parlez-vous ? » il avait répondu qu'il en parlait trois : français, anglais et... latin. Car il apprenait depuis peu, à l'Académie De La Salle d'Ottawa, les rudiments de la langue de Virgile, langue que le bon frère Gérard enseignait en français à l'aide du manuel (anglais bien sûr) du Département de l'instruction publique de l'Ontario !

Évidemment, pas plus François que le frère n'était de taille avec le curé Myrand qui, lui, pouvait lancer de savantes phrases latines à tout propos : *Ad majorem Dei gloriam, Labor omnia vincit improbus, Qui bene amat, bene castigat...* François connaissait néanmoins ses déclinaisons : *amo, amas, amat, amamus, amatis, amant* ; *rosa, rosae, rosae, rosam, rosa, rosa...* Il commençait même à faire des phrases : *Helenam bellam amo...*

Ah oui, Hélène... Hélas ! il ne la voyait à peu près plus. Maudites lunettes ! S'il ne portait pas ces horribles loupes, peut-être aurait-il plus de succès ! Il l'avait aperçue quelquefois en compagnie de Ti-Paul Robitaille et, plus tard, du grand Roger Lalonde, dit Goglu, qui, eux, n'en portaient pas. S'il n'avait pas ces satanées lunettes et ces portugaises démesurées, peut-être pourrait-il la reconquérir. Mais, ainsi affligé, comment faire ? Un soir, pastichant Rostand, il lui avait écrit ces vers :

Hélène, ma belle Hélène, que n'ai-je le talent
D'Alphonse de Lamartine ou bien d'Edmond Rostand
Pour te dire, ma chérie, que sans ma myopie
Et ces grosses lunettes dont ma face est garnie,
Sans ces grandes oreilles dont je suis affublé,
Comme Cyrano jadis l'était de son grand nez,
Je serais depuis longtemps à l'assaut de ton cœur,
Comme un fier chevalier sans reproche et sans peur,
Chassant de son épée tous les Christian du monde,
Les Ti-Paul Robitaille et les Goglu Lalonde...
   ......

Sa timidité l'avait emporté : il n'avait pas eu le courage de lui envoyer son poème.

8. LE SÉNATEUR MAUDIT

*J*UIN 1944.

Maintenant étudiant à l'Université d'Ottawa, François était dans sa chambre en train de préparer son dernier examen avant les vacances. Sa table de travail se trouvant tout juste devant la fenêtre, contre le mur, il avait l'habitude de reposer ses yeux en regardant les gens passer de l'autre côté de la rue. Vers quatre heures de l'après-midi, mettant de côté la leçon de chimie qu'il était à revoir, il aperçut un homme aux cheveux blancs, élégamment vêtu, garer sa voiture devant l'église, en sortir précipitamment et courir vers la maison. Puis il entendit la sonnerie, les pas de son beau-père et le craquement de la porte.

– Ferdinand, Ferdinand, râla le visiteur haletant, le ciel vient de nous tomber sur la tête!

En entendant les habituels borborygmes de la tuyauterie fatiguée, François supposa que son beau-père avait ouvert le robinet pour offrir un verre d'eau à son visiteur angoissé.

– Du calme! Monsieur le sénateur, du calme! Le ciel me paraît bien en place. Ça ne peut pas être aussi grave. Racontez-moi.

François apprit alors que le visiteur en question était un sénateur du nom de Charles-Eusèbe Chartrand. Profondément troublé par un discours qu'il venait d'entendre au Sénat, il accourait en informer le grand chef de l'Ordre de Jacques-Cartier.

Ayant assisté de sa chambre à des douzaines de réunions depuis le début de la guerre, François en savait maintenant presque autant sur cette société secrète que tous les hauts dirigeants qui se réunissaient chez lui. Il savait par exemple que, fondée à Ottawa en 1926 par des fonctionnaires fédéraux pour l'avancement des Canadiens français dans la fonction publique, la société avait rapidement essaimé dans tout le Canada français, même chez les Franco-Américains. Il avait enfin découvert pourquoi le conseil suprême, appelé Chancellerie, ou CX, tenait ses réunions chez lui plutôt qu'au presbytère ou à la salle paroissiale : c'est que la Gendarmerie royale surveillait l'Ordre depuis belle lurette, plus étroitement encore après la campagne anticonscriptionniste et la fondation du Bloc populaire. D'ailleurs, toutes les réunions n'avaient pas lieu chez Me Lebel ; pour brouiller les pistes on les tenait ici et là, tantôt chez l'un, tantôt chez l'autre, dans une cave, une cuisine, une maison de campage isolée.

Le sénateur Chartrand n'avait malheureusement pas réussi à se procurer le texte du fameux discours ; un autre frère sénateur s'y employait et se pointerait dès qu'il l'aurait obtenu. Il avait néanmoins pris suffisamment de notes pour faire à M^e LeBel un compte rendu sommaire.

Nouvellement nommé au Sénat, le très volubile et très fringant politicien québécois T.-D. Bouchard, ardent libéral, ancien journaliste, ancien député de Saint-

Hyacinthe et ancien ministre, venait de dénoncer publiquement l'Ordre de Jacques-Cartier[10].

Une dénonciation à l'emporte-pièce. L'Ordre de Jacques-Cartier, avait-il dit, était un mouvement séparatiste qui rêvait d'un nouvel État catholique, francophone et corporatif formé du Québec et d'une partie de l'Ontario. Une société secrète subversive qu'il fallait combattre à tout prix pour éviter une éventuelle révolution. Un groupement auquel le clergé francophone avait donné sa bénédiction et qui avait grandi impunément parce que, disait-il, l'histoire était mal enseignée dans les écoles du Québec : cet enseignement biaisé alimentait les haines entre Canadiens de races, de langues et de religions différentes et passait sous silence les bienfaits de l'appartenance du Canada à la couronne britannique. Il estimait à dix-huit mille environ les effectifs de la *Patente* mais se disait convaincu que la plupart des membres étaient en réalité de bons citoyens britanniques qui avaient adhéré au mouvement par ignorance, ne sachant pas exactement dans quoi ils s'embarquaient. Sans nommer expressément le chanoine Groulx, il soutenait que la manière d'enseigner l'histoire au Québec n'était pas seulement anticanadienne, elle était antichrétienne, le Christ ayant toujours prêché, lui, l'amour entre les peuples quelles que soient leur langue et leur race.

À cet instant précis sonna le téléphone. François entendit son beau-père le décrocher et dire :

– Allô, M^e LeBel à l'appareil. Ah, bonjour frère Bélanger. Comment allez-vous ?

---

10. Le discours dont il est question ici fut prononcé au Sénat le 21 juin 1944.

Il y eut un long silence, puis il entendit son beau-père servir à son interlocuteur les mêmes paroles d'encouragement qu'à son visiteur :

– Du calme, du calme, mon ami ! Vous allez voir, tout va s'arranger. Si ça peut vous rassurer, passez à mon bureau. Je suis justement en compagnie du sénateur Chartrand. Je vous attends.

Puis il raccrocha.

– Le frère Bélanger vient d'être mis au courant du discours de Bouchard et ça l'inquiète, dit-il. Il sera ici dans quelques minutes. Continuez, je vous prie.

Le sénateur Chartand reprit son récit.

– Il prétend que la majorité des Canadiens français sont satisfaits de leur sort, qu'ils sont trop attachés au Canada et à l'Angleterre pour vouloir s'en séparer. Il dit que nous sommes des saboteurs, « des vers – ici je cite textuellement ses paroles – qui rongeons les racines de l'arbre de nos libertés... Seulement les plus perspicaces des Canadiens se rendent compte que des feuilles de cet arbre sont en train de mourir... »

– Tiens, tiens, Bouchard devenu poète ! d'ironiser M^e LeBel.

– Il sait que l'Ordre a son siège à Ottawa, que des membres du clergé en font partie. Il est au courant de plusieurs de nos campagnes, dont celles du drapeau et de « L'achat chez nous », et nous accuse d'antisémitisme. Il sait que nous fonctionnons par noyautage, que les Jeunes Laurentiens sont des frères, que nous avons fait élire l'Union nationale à Québec en 1936 et appuyons le Bloc populaire à Ottawa. Il sait que *La Boussole* est l'organe officiel de l'Ordre et *L'Émerillon* l'organe secret...

De nouveau François entendit le téléphone.

– Allô, M^e LeBel à l'appareil... Ah, frère Latulipe ! Comment allez-vous ?

Même silence qu'à l'appel précédent et même réponse de Mᵉ LeBel :

– Si ça peut vous rassurer, passez à mon bureau. Le frère Chartrand est ici. Il va tout vous raconter.

Celui-ci poursuivit :

– Bouchard a même mentionné le nom du chargé d'affaires de la Délégation apostolique, Mgr Mozzoni. Il a rappelé sa déclaration de 1937 aux Semaines sociales de Saint-Hyacinthe en faveur d'un État catholique et français[11]...

François se rappela alors qu'un jour d'hiver de 1939, pendant qu'il entrait du bois pour le foyer du presbytère, c'est à un certain Mgr Mozzoni que le curé Myrand parlait. Et dans la soirée, quand le curé Myrand était venu chez lui avec le chanoine Groulx, ce même nom avait de nouveau été mentionné. C'est avec ce prélat que Mgr Myrand devait manœuvrer pour expédier Mgr Charbonneau à Hearst, « dans le fond des bois ».

De nouveau François entendit de sa chambre une sonnerie. Cette fois, cependant, ce n'était pas le téléphone mais la porte. Il entendit son beau-père ouvrir et dire :

– Bonjour, monsieur.

Le visiteur répondit en anglais :

– *Good day, Sir. I'm Fred Taylor from the* Evening Citizen. *We just heard that Senator Bouchard, from Quebec, made a statement in the Senate this afternoon*

---

11. Ce prélat avait déclaré selon Bouchard : «Ce que nous voulons, ce que nous travaillerons à réaliser de toutes nos forces, c'est un État intégralement catholique, parce que seul un tel pays représente l'idéal du progrès humain, et parce qu'un peuple catholique a le droit et le pouvoir de s'organiser socialement et politiquement selon les enseignements de sa foi.»

about a society called l'Ordre de Jacques-Cartier. Do you know anything about that?

– Vous ne parlez pas français? demanda Mᵉ LeBel.

– Un peu, répondit le journaliste avec un fort accent.

– Eh bien, vous allez devoir faire un petit effort. Pour le moment, restez là. Je vous reviens dans une minute.

Il y eut un long silence. François supposa que son beau-père parlait à voix basse au sénateur Chartrand, lui recommandant peut-être de se retirer pour ne pas être vu du journaliste. Son soupçon se confirma quand il entendit s'ouvrir et se fermer la porte donnant sur le salon familial. De nouveau la voix de son beau-père se fit entendre :

– Entrez, Monsieur Taylor, et prenez ce fauteuil. Vous me parliez d'un discours du sénateur Bouchard et d'une société qui s'appellerait... Répétez-moi le nom...

– L'Ordre de Jacques-Cartier.

– Ah oui, l'Ordre de Jacques-Cartier. Mais qu'est-ce qui vous fait croire que je pourrais vous renseigner? Qui vous a donné mon nom?

– *Nobody. But everyone knows that you carry much weight here in Ottawa. And you have long been president of the Saint-Jean-Baptiste Society. According to Senator Bouchard, this Order of Jacques-Cartier wants to break up Canada. They want a separate State for Quebec and part of Ontario...*

– Pure foutaise, mon cher ami. La charte de l'Ordre de Jacques-Cartier est publique. Si vous vous étiez donné la peine de la lire avant de venir ici, vous sauriez que c'est une simple société culturelle, rien de plus. Une société qui travaille à l'avancement des catholiques canadiens-français, tout comme les orangistes et les francs-maçons travaillent à l'avancement des anglophones protestants. Quant au sénateur Bouchard, je ne sais pas ce qu'il a dit et je ne tiens pas à le savoir. J'ai toutefois l'impression, d'après vos commentaires, que c'est une affaire de politique et comme je n'aime pas être mêlé à ces histoires, je vous prierais de ne pas mentionner mon nom dans votre journal. Je vous souhaite une bonne fin de journée, Monsieur Taylor.

La conversation n'avait pas duré cinq minutes. Aussitôt le journaliste reparti, François entendit de nouveau la voix du sénateur Chartrand.

– Ne me dites pas que la presse est déjà à nos trousses ?

– Il fallait s'y attendre, répondit M^e LeBel. Mais ne vous en faites pas, ils ne sauront rien.

Le sénateur Pamphile Mondoux, qui s'était chargé d'obtenir copie du fameux discours, ne tarda pas à faire son apparition. François l'aperçut par la fenêtre – un grand monsieur très mince, très élégant, portant sous le bras une serviette grise – et l'entendit sonner. M^e LeBel l'accueillit, le remercia de sa diligence, s'efforça de le rassurer lui aussi et le pria de lire les principaux passages du discours. Le visiteur fit remarquer que la majeure partie était en anglais et qu'il allait devoir traduire. Par contre le début était en français : cinq petits paragraphes que le discours reprenait d'ailleurs en anglais.

– Cinq paragraphes en français ! grogna M^e LeBel. Quelle générosité ! Quel respect pour les gens de sa langue !

Dès le début, Bouchard s'excusait presque de dire quelques mots en français : « Je ne conclus pas du fait que la langue française est officielle dans ce pays, disait-il, qu'elle devrait être obligatoire. Je ne suis pas de ceux qui voudraient imposer chez nous, aux Canadiens d'origine anglaise, l'obligation de parler notre langue. La loi constitutionnelle – et c'est juste – ne va pas plus loin que de rendre les deux langues principales de ce pays facultatives dans nos parlements. Je me rends à l'évidence : les Canadiens d'origine française ont beaucoup plus besoin d'apprendre une langue seconde pour leur développement économique que les Canadiens d'origine anglaise... »

– Quelle mitaine ! interrompit M^e LeBel. Le gouvernement n'aurait pas fait pire en nommant un Irlandais à sa place ! Maudit vendu !

Le sénateur Mondoux se voyant dans l'obligation de traduire à partir de là, le débit fut dès lors plus lent : « Les fausses notions qu'a semées dans l'esprit des Canadiens français le mauvais enseignement de l'histoire du Canada, disait Bouchard, ont porté plusieurs d'entre eux à souhaiter une forme de gouvernement indépendant. Ne voyant que le mauvais côté des choses, dans un éclairage fourni par des historiens improvisés à l'imagination furibonde, ces Canadiens français ne paraissent pas conscients des bienfaits qui ont résulté de notre association à la couronne britannique. Mais comme on ne change pas facilement la forme d'un gouvernement, ces partisans de la séparation ont fait appel aux forces auxquelles les masses sont le plus sensibles : la religion, la race, la haine. Le nouvel État serait catholique, français et corporatif, afin que, disent-ils, le travailleur de foi catholique et de langue française soit maître de sa propre destinée, religieuse, sociale et économique... »

Les deux autres membres de l'OJC qui s'étaient annoncés, le député Bélanger et un certain Latulipe, arrivèrent presque en même temps. François entendit son beau-père les inviter à s'asseoir et leur dire qu'il allait les mettre au courant dès que le sénateur Mondoux aurait terminé. Celui-ci en était rendu au passage portant précisément sur l'Ordre.

« L'histoire nous enseigne, disait Bouchard, que presque toutes les révolutions sont nées de l'influence de sociétés secrètes. Néanmoins, malgré tout ce qu'on a pu dire contre les sociétés secrètes, l'une d'elles a vu le jour en 1928[12] avec la bénédiction du clergé catholique et canadien-français. Elle prit le nom de « Ordre de Jacques-Cartier » et installa ses pénates à Ottawa. D'éminents Canadiens français furent invités à s'y joindre, l'objectif avoué étant, non pas la révolution, mais la promotion des francophones désireux d'obtenir leur juste part des emplois de la fonction publique. Plus tard, quand l'Ordre décida de s'étendre au-delà de la capitale, il résolut de s'employer surtout à freiner au niveau local ce qu'il appelait les « investissements étrangers », sauf, bien entendu, lorsqu'il s'agissait de commerces canadiens-français. L'antisémitisme est ainsi devenu un moyen de recrutement...

– Il fait évidemment allusion à nos campagnes d'« Achat chez nous », fit remarquer M^e LeBel. Or il ne dit pas que les juifs font la même chose. Eux aussi invitent les leurs à acheter chez eux. C'est naturel pour une minorité de chercher à se protéger.

---

12. Selon L'Émerillon, organe officiel et clandestin de l'Ordre, le projet de cette société fut en réalité lancé un soir d'octobre 1926 et la première commanderie fondée en janvier 1927.

« Finalement, de continuer le sénateur Mondoux en citant toujours Bouchard, le conseil suprême donna dans le plus grand secret l'ordre d'envahir le domaine politique, les sociétés patriotiques, les gouvernements, les administrations publiques de toutes sortes. Leur but ultime n'est pas seulement de semer la discorde parmi les Canadiens de langues et de religions différentes, mais aussi de disloquer la Confédération, de remplacer le concept nord-américain d'une nation formée de gens de religions et d'origines diverses, par le vieux concept européen de nations plus petites et homogènes par la religion et l'origine ethnique. »

– Bon, ça va, interrompit M^e LeBel, nous allons en faire des copies pour les chanceliers. Prenons un petit répit, nous l'avons bien mérité. Vous aimeriez peut-être un sherry ? Un porto ? Un brandy ? Ça nous remettrait les nerfs d'aplomb.

Ses amis avaient à peine eu le temps d'acquiescer et d'indiquer leur choix que de nouveau la sonnette tinta.

– Attendez-vous encore quelqu'un ? demanda le sénateur Chartrand.

– Non, répondit M^e LeBel. Ne bougez pas, je vais aller voir par le judas.

– Si c'est quelqu'un que vous ne connaissez pas, de grâce n'ouvrez pas, supplia le sénateur Mondoux. Je vous rappelle qu'il y a ici trois parlementaires...

– Je ne le connais pas, dit M^e LeBel, l'œil droit collé à la lentille du judas. Peut-être un autre journaliste. Mais je préfère ouvrir. Retirez-vous dans le salon si vous voulez, je vais lui parler.

François entendit s'ouvrir et se fermer la porte donnant sur le grand salon puis, quelques secondes plus tard, la voix d'un autre anglophone :

— *You are Mr. LeBel, I presume. It's about the speech Senator Bouchard made this afternoon...*
— Oui, oui, je sais, hurla si fort Mᵉ LeBel qu'il en écorcha presque les oreilles de François. Vous voulez savoir ce que j'en pense. Eh bien, je vous dirai que ça ne m'étonne pas de la part de T.-D. Bouchard. Il n'y a pas un Anglais, pas un Irlandais, pas un Écossais, pas un juif, qui aurait été assez vil pour lancer tant de boue au visage de ses compatriotes. Ce qu'il a dit du clergé en particulier est ce qu'il y a de plus ignoble. S'il pense qu'en parlant ainsi, il va redorer le blason du Parti libéral, eh bien, il se trompe ! Ses attaques injustes viennent probablement de sonner le glas des libéraux dans la province de Québec. Quoi qu'il en soit, d'ajouter le chef de l'OJC en baissant le ton quelque peu, je déteste ces histoires de politique. Si vous tenez à rapporter mes paroles, je vous prierais de taire mon nom. Est-ce que vous avez bien compris tout ce que je viens de vous dire ? Comprenez-vous assez bien le français ?
— *Yes, yes, Sir*, répondit le journaliste. *I've got it all written down. Thank you, Sir, thank you very much.*

C'était l'heure du souper. Quand François descendit l'escalier pour aller vers la cuisine où sa mère, Denise et la bonne se trouvaient déjà, il aperçut quatre hommes assis au salon, immobiles, le corps raide, les jambes croisées, les mains jointes sur les genoux. On aurait dit des statues de plâtre. La porte du bureau s'ouvrit et Mᵉ LeBel leur fit signe de revenir.
— Je lui ai parlé, dit-il, et il est parti comme un chien battu. L'attaque est toujours la meilleure défense. Je viens encore d'en avoir la preuve.

Trop occupé à rassurer ses amis affolés, Mᵉ LeBel se priva de souper ce soir-là. François aurait évidemment bien voulu passer la soirée dans sa chambre pour en savoir plus long, mais l'examen du lendemain étant prioritaire, il descendit ses livres à la cuisine et, non sans peine, ferma résolument son esprit à tout ce qu'il venait d'entendre.

Tous les journaux du lendemain faisaient écho bien sûr au virulent discours du sénateur Bouchard, plus spécialement toutefois ceux de langue anglaise d'Ottawa[13] qui, en plus de mettre en relief les principales déclarations de Bouchard, rapportaient les réactions de divers milieux.

Le *Citizen* titrait sur six colonnes en première page : «LES COMMUNES SE PENCHERONT SUR LES ACTIVITÉS D'UN MOUVEMENT SÉCESSIONNISTE – DES CITOYENS D'OTTAWA À LA DIRECTION DE L'ORDRE DE JACQUES-CARTIER». L'article soulignait que, selon le sénateur Bouchard, l'OJC travaillait à créer au Canada un État corporatif, catholique et canadien-français formé de la province de Québec et d'une partie de l'Ontario. Il nommait cinq directeurs, dont deux curés : celui de Saint-Charles qu'on n'avait pu joindre parce que « parti en retraite fermée », et un autre qui, comme saint Pierre, avait nié trois fois son appartenance : *« I know nothing about it... I know nothing about it... I know nothing about it... »* Le journal ne disait pas si le coq avait chanté...

François reconnut aisément son beau-père dans les déclarations rapportées dans les journaux. Comme

---

13. Toutes les citations sont authentiques.

celui-ci l'avait demandé, son nom n'apparaissait nulle part; on faisait seulement mention d'un «éminent Canadien français d'Ottawa». En fait, à peu près tous les chefs de file interrogés par le *Citizen* avaient, comme M^e LeBel, demandé l'anonymat «pour ne pas être mêlés à une affaire éminemment politique».

À Montréal, même indignation, mêmes protestations, mêmes démentis. Le président de la Confédération des syndicats nationaux, Alfred Charpentier, niait formellement que son groupement fût sous la férule de l'Ordre de Jacques-Cartier, de même que Roger Duhamel, président de la Société Saint-Jean-Baptiste de Montréal, et d'autres nationalistes montréalais bien connus.

De son côté, le *Journal* d'Ottawa écrivait en première page que Maurice Duplessis, chef de l'Union nationale, ancien Premier ministre devenu chef de l'Opposition, réclamait à grands cris la démission du sénateur Bouchard, cet être tout à fait « méprisable », « anticlérical » et « anticanadien-français ». Puis venaient deux déclarations absolument délicieuses : celle d'un sénateur, nationaliste notoire, qui disait ne jamais avoir entendu parler de l'Ordre de Jacques-Cartier alors que, pendant deux ans, le journaliste Jean-Charles Harvey avait tapissé la première page de son journal, *Le Jour*, d'articles virulents contre la *Patente*; puis celle d'un membre du clergé qui niait catégoriquement «le moindre lien officiel» de l'Église avec l'Ordre de Jacques-Cartier alors qu'en réalité l'archevêché avait sanctionné la fondation du mouvement, que toutes les commanderies avaient leur aumônier et que l'archevêque lui-même portait fièrement le titre de Grand Aumônier Général. «Il n'est pas impossible, précisait-il, que des prêtres en aient fait partie, mais je puis vous assurer que le mouvement n'a jamais eu la bénédiction ou l'autorisation d'un évêque... »

Enfin, le quotidien français d'Ottawa, *Le Droit*, s'il faisait écho au discours, le faisait on ne peut plus timidement sous un titre qui refusait de reconnaître l'existence même du mouvement : « Le sénateur Bouchard s'attaque à ce qu'il appelle l'Ordre de Jacques-Cartier ». Faut-il préciser que le rédacteur en chef du journal, Monsieur Charles Gautier, était lui-même chancelier de l'Ordre[14].

---

14. Embrigadé comme tant d'autres sans savoir dans quoi il s'embarquait, l'auteur du présent ouvrage, alors journaliste au *Droit*, fut lui aussi chancelier à une époque. Catapulté à ce «cénacle» dès son entrée dans l'Ordre – sans doute parce qu'on avait cru qu'en sa qualité d'éditorialiste il pourrait servir «la cause» –, il n'y resta toutefois que quelques mois, à peine le temps de se renseigner un peu, et perdit tout contact avec le mouvement dès son arrivée à Montréal en 1961.

9. L'INITIATION

Août 1945.

François avait maintenant dix-neuf ans. Son abondante chevelure noire, ondulée, qu'il peignait de manière à cacher ses trop grandes oreilles, ses yeux rieurs qui faisaient oublier ses lourdes lunettes, son corps trapu, musclé, à l'image de son père mort aux chantiers, tout cela faisait de lui un jeune homme presque beau, que bien des filles reluquaient à la messe du dimanche.

La guerre en Europe était terminée depuis le printemps – François y avait échappé de justesse – et celle du Pacifique tirait à sa fin. Les médias venaient tout juste d'annoncer le largage de deux bombes atomiques sur le Japon, la première sur Hiroshima le six août, la seconde sur Nagasaki trois jours plus tard.

Cet été-là, le dernier qu'il allait passer à Ottawa avant d'entreprendre des études de droit à Laval, il avait eu la chance d'être embauché par *Le Droit* comme stagiaire. Pour quelques dollars par semaine, il couvrait un peu de tout : accidents, incendies, tribunaux, commission scolaire, hôtel de ville. Au boulot de sept heures le matin à trois heures l'après-midi, il reprenait souvent le collier après le souper pour ne le laisser que tard dans la soirée.

Un vendredi, l'adjoint du directeur de l'information lui dit : « LeBel, tu as tellement bien travaillé cette semaine que je vais t'envoyer dimanche à une réunion très spéciale. Tu vas voir, tu m'en remercieras. » Encore à cette époque, tout le monde appelait François du nom de son beau-père ; ce n'est que plus tard, quand il fut installé à Québec, qu'il devait reprendre le nom de son père véritable.

– Quel genre de réunion ? demanda-t-il.

– Pour une fois tu n'auras pas à écrire, répondit l'adjoint Bérubé. Je t'envoie là pour que tu te fasses des relations qui te permettront d'être mieux informé. Que tu choisisses de continuer dans le journalisme ou de devenir avocat, tu vas y rencontrer des gens importants qui vont pouvoir t'aider toute ta vie.

– Dites-moi au moins de quel groupement il s'agit, insista François. C'est une association ? Un club ? Un conseil d'administration ?

– Tout ce que je peux te dire, c'est que la réunion a lieu dimanche à deux heures, au sous-sol de l'école Routhier, et que tu aurais tout intérêt à y être. Fais-moi confiance, j'y serai moi aussi.

Cette promesse rassura François d'autant plus qu'il avait le plus grand respect pour ce journaliste extrêmement compétent, qui avait bu comme une éponge à une époque et qui s'imposait maintenant la plus complète abstinence. François admirait tout autant son courage que sa compétence.

– Mais n'en parle à personne, ni à tes amis, ni même à tes parents, insista Bérubé. Je compte sur ta discrétion.

Ce dimanche après-midi du mois d'août 1945, à deux heures précises, François se pointa donc à l'école Routhier, dans la paroisse Notre-Dame d'Ottawa, voisine de Sainte-Anne. Comme il l'avait souhaité, Bérubé était là pour l'accueillir. L'air affairé, celui-ci conduisit rapidement son protégé au sous-sol, ouvrit la porte d'une pièce attenante à la grande salle où, les jours de pluie, les élèves passaient la récréation, le présenta à un gros monsieur chauve assis derrière une grande table de bois et le quitta sur ces intrigantes paroles :

– On va bien s'occuper de toi. Je te reverrai tantôt.

Il y avait dans cette pièce une quarantaine de personnes, quelques-unes à peu près du même âge que François mais la plupart plus âgées. François en reconnut immédiatement deux ou trois : un confrère journaliste, un jeune avocat qui venait d'ouvrir un bureau à Sainte-Anne et, sauf erreur, le père d'une de ses anciennes blondes, un homme dans la cinquantaine dont il n'avait jamais vraiment vu le visage pour l'excellente raison que, chaque fois qu'il était allé chercher sa fille Thérèse pour l'emmener danser à Britannia, ce cher Monsieur Larocque avait toujours l'oreille collée à son poste de radio, la tête entre les mains, à écouter *Un homme et son péché*, *Les secrets du Dr Morhenge* ou *La fiancée du commando*. Sa petite taille, ses touffes de cheveux gris, hirsutes, des deux côtés d'une tête ronde comme un melon le persuadèrent qu'il s'agissait en effet de Monsieur Larocque, électricien de son métier, père de l'électrisante Thérèse.

Le gros homme qui l'accueillit, penché sur sa paperasse, était, lui, complètement chauve. Son crâne était si reluisant qu'on aurait pu s'y mirer. Il demanda à François ses coordonnées et les inscrivit sur une feuille.

Puis un grand type maigre en toge noire, l'air un peu malpropre, qui semblait s'être versé dans les cheveux tout un pot de vaseline, apparut en compagnie de quatre gaillards : deux jeunes et deux plus vieux, la moustache à la Charlot. Il grimpa sur une chaise et demanda le silence.

— Je vous souhaite la bienvenue, dit-il. Vous vous interrogez sans doute sur les raisons de votre présence ici et je ne saurais vous en blâmer. Eh bien, vous êtes sur le point de vivre l'une des plus belles expériences de votre vie. Je vous demande seulement deux choses : être patients et nous faire confiance. Vous allez voir, tout se passera bien. À cinq heures, vous serez chez vous.

Ses quatre acolytes firent placer François et les autres en rangées, quatre de front.

— Ces messieurs m'assisteront, dit le grand maigre. Je serai le cérémoniaire.

François entendit un vieux à sa gauche murmurer :

— Je gagerais ma chemise qu'on va nous faire entrer dans les Chevaliers de Colomb. Nous allons « sauter la chèvre ».

Les Chevaliers de Colomb ? À sa connaissance, François ne comptait ni parent ni ami parmi les membres de cette société fondée aux États-Unis par des catholiques irlandais, et il doutait fort que Bérubé en fût. Si elle avait reçu la bénédiction du haut clergé canadien et réussi à recruter de nombreux francophones, la société des Chevaliers de Colomb n'en demeurait pas moins une société principalement anglophone, les *Knights of Columbus*. En tout cas, le curé Myrand ne devait certainement pas voir ce mouvement d'un très bon œil ! Non, ça ne pouvait pas être les Chevaliers de Colomb, ça ne pouvait être qu'une chose : l'Ordre de

Jacques-Cartier. François allait adhérer à la société secrète dont il avait tellement entendu parler!

Le grand maigre en toge noire tenait dans ses mains un paquet d'enveloppes brunes.

– Vous voyez ces enveloppes ? dit-il. Eh bien, je vais vous demander de nous témoigner une première fois votre confiance en y déposant vos objets de valeur si vous en avez : porte-monnaie, montres, bagues... Ne craignez rien, le tout vous sera rendu quand vous partirez.

Il remit les enveloppes à ses aides qui, chacun dans le groupe dont il avait la charge, commencèrent leur cueillette pendant que le gros monsieur chauve, qui plus tôt faisait office de secrétaire à l'entrée, inscrivait les noms sur les enveloppes puis sur des bouts de papier qu'il épinglait au col des vestons. La cueillette terminée, les quatre adjoints du grand maigre sortirent d'une boîte de carton de longues pièces de tissu noir et entreprirent de bander les yeux. François pensa qu'on aurait bien pu l'en épargner : étant donné sa myopie, il aurait suffi de lui enlever ses lunettes. Mais le moustachu affecté à son groupe insista pour déposer celles-ci dans l'enveloppe brune avec sa montre et ce qui restait de sa maigre paye de la semaine, avant de lui appliquer solidement sur les yeux son bandeau noir puant les boules à mites. Puis le cérémoniaire les pria de placer la main droite sur l'épaule du voisin d'en face et d'avancer lentement.

François se sentait parfaitement ridicule. Quel enfantillage! Ah, ce Bérubé, il ne perdait rien pour attendre! En même temps, il était curieux. Quelle superbe occasion d'en savoir plus long, de parfaire ses connaissances sur cette fameuse *Patente*! Une occasion en or. Il jouerait donc le jeu jusqu'au bout.

Ils marchaient un peu comme des forçats enchaînés qu'on mène au peloton d'exécution. Puis leurs guides leur ordonnèrent de s'arrêter. Trois grands coups retentirent, tels des coups de pied dans une porte, puis une voix sourde semblant venir d'une autre pièce :

– Qui va là ?

La voix nasillarde du grand maigre reprit :

– Frère Grand Commandeur, j'amène avec moi quarante candidats qui demandent leur admission dans notre ordre.

– Très bien, qu'ils entrent ! Et faites-leur subir les épreuves du premier degré...

Des mois après cette invraisemblable cérémonie d'initiation, François en avait encore des cauchemars. Amputé des deux bras, il se voyait entouré d'une foule immense devant le presbytère du curé Myrand. Sur la grande galerie trônaient trois personnages vêtus de pourpre et d'hermine : Mgr Myrand, Mgr Vachon et, entre les deux, le pape lui-même dans toute sa gloire. Mgr Charbonneau, lui, prenait place sur une petite chaise de bois en bas de la galerie. Tenant d'une main sa crosse et de l'autre le bout d'une longue barbe blanche, le pape disait :

– François LeBel-Lemieux, approchez-vous. On vous a choisi pour devenir Commandeur de l'Ordre de Jacques-Cartier. Mais il vous faut auparavant passer six épreuves : celles de l'équilibre, de l'air, du feu, de l'eau, de la coupe d'amertume et de la quête...

Le pape faisait d'abord marcher François sur la balustrade bordant la longue galerie, puis déposait sur sa langue un charbon rouge sorti tout droit d'un encensoir. Il soufflait sur lui son haleine fétide puis versait de l'eau dans une coupe, y vidait une salière, plongeait dedans la tête de François et lui faisait boire l'horrible potion jusqu'à la lie.

Combien plus agréables étaient les rêves où il revoyait la belle Hélène! Hélas, ces rêves-là ne reviendraient plus jamais. Lui-même quitterait bientôt Ottawa, perdrait tout contact avec l'Ordre et ne retournerait dans sa ville natale que beaucoup plus tard.

10. LA FIN DES HARICOTS

MAI 1964.

Après avoir pendant plus de trente ans, contre vents et marées, étendu ses tentacules à travers l'Ontario et le Québec, dans l'Ouest canadien, en Acadie et même en Nouvelle-Angleterre, l'Ordre de Jacques-Cartier commença à faiblir au début des années soixante. Jusque-là vouée aux intérêts de l'ensemble du Canada français quoi qu'aient pu penser ceux qui l'accusaient de séparatisme, la chancellerie, toujours installée à Ottawa, se voyait contrainte par son aile québécoise devenue toute-puissante à donner priorité au Québec et à revendiquer pour celui-ci rien de moins qu'une totale « autonomie interne ».

Au congrès général qui eut lieu à Québec, auquel assistaient plusieurs des grands ténors québécois membres ou non-membres de l'Ordre – dont Monsieur Jacques Parizeau, futur Premier ministre du Québec, alors professeur aux Hautes Études commerciales –, un manifeste fut présenté qui proclamait notamment[15] :

---

15. *La Patrie*, Montréal, semaine du 7 au 13 mai 1964. On y reviendra dans la seconde partie.

« *La nation canadienne-française a droit à l'autodétermination : il lui appartient de décider seule dans quelle forme et jusqu'où elle entend exercer ce droit. Répandue dans tout le Canada, elle est cependant présente principalement et essentiellement au Québec non seulement en nombre mais comme réalité sociale, économique et culturelle. Le Québec a pour la nation canadienne-française valeur de patrie; lui seul a vocation d'État national des Canadiens français. Or, un État national peut exister sous deux formes : une forme parfaite, c'est-à-dire avec souveraineté totale, ou bien une forme imparfaite – mais qui permet néanmoins à une nation d'avoir la maîtrise de son destin –, c'est-à-dire l'autonomie interne.*

« *Dans la situation présente de la nation canadienne-française et dans les conditions actuelles du Québec, compte tenu aussi du besoin de maintenir un maximum d'unité et de cohésion entre les Canadiens français, nous estimons qu'il faut rechercher dans l'ordre constitutionnel le statut de « l'autonomie interne complète » pour le Québec. Ce statut exige naturellement que soit totalement repensé et réédifié un ensemble canadien à partir des deux nations fondamentales qui composent le pays plutôt que de dix provinces inégales sur tous les plans. [...]* »

Un an plus tard, la *Patente* pliait bagage. Un article étalé sur quatre colonnes en première page du *Devoir* révélait : « Un télégramme anonyme en provenance d'Ottawa, adressé hier soir aux quotidiens français du Québec, annonce la dissolution de l'Ordre de Jacques-Cartier. En voici le texte :

> *« Dissolution de l'Ordre de Jacques-Cartier. STOP. Un communiqué de l'Ordre de Jacques-Cartier fait part qu'au cours d'une réunion récente les administrateurs de cette société ont décrété sa dissolution en raison de l'existence et de la puissance des nombreuses structures sociales, économiques et nationales au Canada français et parce que, selon eux, l'Ordre a accompli sa mission. STOP. La direction de l'Ordre, ajoutait le communiqué, croit qu'il s'est employé avec désintéressement à servir les intérêts supérieurs de la nation canadienne-française et se glorifie de léguer à celle-ci une floraison d'œuvres et de réalisations positives qui lui survivront. »*

L'article se terminait par cette phrase qui en disait long : «À une certaine époque, et notamment au cours de la dernière guerre, presque tous les nationalistes canadiens-français éminents faisaient partie de l'Ordre. » Et le journal expliquait en éditorial deux jours plus tard :

> *« Lorsque l'Ordre fut fondé, il y a près de quarante ans, le Canada français ne possédait pas le quart des structures sociales et des ressources dont il dispose aujourd'hui. La présence efficace d'autres sociétés secrètes joliment plus influentes que ne le fut jamais l'OJC obligeait les Canadiens français à se doter, eux aussi, d'instruments d'action adaptés aux obstacles qu'ils rencontraient dans la vie de tous les jours. Mais depuis ce temps les Canadiens français ont progressé à vive allure. Ils peuvent maintenant, sans risque, conduire leur action au grand jour. »*

L'éditorial rappelait enfin :

« *On voulut à certains moments faire un scandale avec les « gros noms » qui étaient soi-disant compromis avec l'Ordre. La quantité même des noms évoqués, la qualité de la plupart de ces noms, constituèrent une réfutation imprévue de l'accusation.* »

Coïncidence ou pas, commença à circuler presque au même moment la rumeur selon laquelle la basse-ville d'Ottawa allait faire l'objet d'une vaste entreprise de rénovation urbaine. La raison invoquée : le quartier était devenu fort vétuste, ce qui était loin d'être faux, et devait à tout prix être rénové. Or on tarda tellement à confirmer le projet, à renseigner et à rassurer la population, qu'au moment où le projet fut finalement approuvé, en mars 1966, plusieurs étaient déjà partis. La reconstruction promise pour éviter l'exode n'était même pas commencée quatorze mois plus tard. Quand débutèrent finalement les expropriations, le quartier avait perdu une bonne partie de ses citoyens[16].

Il s'en trouva pour dire que « si le curé Myrand avait été là, ça ne se serait pas passé comme ça : il aurait exigé une reconstruction immédiate, se serait couché devant les bulldozers pour les empêcher de passer ». Et il se trouve encore bien des « exilés » qui pensent que si les autorités municipales d'alors avaient voulu se débarrasser du bastion francophone d'Ottawa, elles n'auraient pu trouver meilleur moyen. « Diviser pour régner... » *Divide ut regnes*, aurait dit le fier curé de Sainte-Anne.

---

16. Brault, Lucien, *Sainte-Anne d'Ottawa – Cent ans d'histoire, 1873-1973.*

À la fin du siècle, la basse-ville d'Ottawa, jadis si française qu'on aurait pu s'y croire au Québec – Ottawa, P.Q., comme certains l'appelaient –, avait complètement changé de visage, et la paroisse Sainte-Anne, cœur de ce bastion francophone dont on avait baptisé le presbytère «le petit évêché du Québec», n'était plus qu'une agglomération disparate, un *melting pot* à majorité anglophone et allophone. Dans les HLM qui avaient poussé comme des champignons après l'exode, on parlait pas moins de huit langues.

Et le latin, inutile de le dire, n'était pas de celles-là...

DEUXIÈME PARTIE

CINQ JOURS EN 2012

11. L'EXPLOSION

OCTOBRE 2012.

On est à Québec un dimanche matin. La ville dort.

Elle s'est endormie encore une fois aux échos d'une campagne électorale québécoise qui n'en finit plus d'exacerber les passions : menaces des fédéralistes, répliques des souverainistes, assemblées orageuses, manifestations violentes. Elle a vu au téléjournal de fin de soirée des Mohawks, à Montréal, bloquer pour la énième fois l'entrée sud du pont Mercier et la police maîtriser avec peine une vingtaine de Blancs qui, armés de bâtons et de carabines, criaient leur rage à quelques pas des barricades. Elle a vu deux boîtes postales déchiquetées à Ottawa par des bombes artisanales placées là par des inconnus. Elle a vu et entendu le Premier ministre du Canada, James O'Brien, et celui du Québec, Marc Richard, dénoncer ces actes de violence et inciter la population au calme.

Seulement quelques braves sont à l'œuvre en ce frisquet dimanche matin : les gardiens et les femmes de ménage dans les édifices publics, un vieux prêtre qui dit la messe devant une poignée de sœurs recueillies implorant le Ciel pour que la paix revienne, des journalistes devant leurs ordinateurs, qui relatent pour leurs lecteurs les événements de la veille, les pompiers dans leurs casernes, des policiers patrouillant la ville ou attendant les appels qui ne viennent pas.

Puis, tout à coup, un bruit étourdissant. Le long du port, les rats se terrent, les chats apeurés courent aux abris les plus proches. Terrasse Dufferin, les mouettes qui se disputaient les détritus laissés la veille sur le parquet par la meute des promeneurs s'envolent, effrayées. Grande Allée, un passant solitaire porte les mains à ses oreilles, se jette par terre et ferme les yeux. Dans tout le quartier, des carreaux éclatent, des cadres tombent des murs et les familles qui, quelques heures plus tôt, se sont couchées en comptant bien faire la grasse matinée habituelle du dimanche sont brutalement tirées de leur sommeil. Tout un pan de l'hôtel du Parlement vient de sauter.

Deux jeunes policiers sur le point de terminer leur ronde se trouvent alors tout juste devant la colline parlementaire, angle Dufferin et Grande Allée. Ils n'en croient pas leurs yeux. Dans un fracas épouvantable, l'explosion a fait un grand trou à droite de l'entrée principale, projetant des pierres à des dizaines de mètres et laissant la grande tour dangereusement instable. Un tremblement de terre se fût-il produit que la voiture des deux policiers n'aurait pas été secouée davantage. Bien sûr, l'hôtel du Parlement étant surveillé jour et nuit, à l'intérieur comme à l'extérieur, par des douzaines de caméras reliées au poste central du Service de sécurité comme aux quartiers généraux des divers corps policiers et au Service des incendies, les jeunes agents Groulx et Thériault ne doutent pas un instant que leurs confrères ont vu sur leurs écrans la terrible explosion.

Ils ne s'empressent pas moins de fournir confirmation par radio, de décrire en détail ce qu'ils voient, de réclamer d'urgence tous les hommes et tout l'équipement disponibles.

À six heures quarante, moins de dix minutes après l'explosion, déjà les premiers sapeurs sont sur les lieux, ainsi qu'une douzaine de voitures de police. La tour pouvant à tout moment s'effondrer, ordre est immédiatement donné de se tenir à distance. Des agents entreprennent de barrer les rues avoisinantes et d'établir un cordon à une centaine de mètres du sinistre, pendant que les pompiers, eux, installent leurs lances et que d'autres, à l'aide de lampes puissantes, éclairent les lieux et scrutent la pénombre du matin, à l'affût d'un suspect. On fait appel à toutes les ambulances disponibles, on alerte les urgences des hôpitaux.

À six heures cinquante-huit, une partie de la tour s'effondre dans un fracas d'enfer. Les flammes surgissent, bleues d'abord, puis orange et rouges, au milieu d'une épaisse fumée noire. Elles n'atteignent au début qu'une dizaine de mètres puis, subitement, comme pour voler la vedette au soleil naissant, s'élancent en une fulgurante poussée qui colore le ciel comme mille feux de la Saint-Jean. On aperçoit les lueurs depuis le pont de Québec.

Les pompiers sont à cet instant sous les ordres d'un vieux routier, Yves Bolduc, un des trois adjoints du directeur Patrice Letendre. Ayant donné à ses hommes l'ordre d'attaquer, Bolduc crie à l'un de ses lieutenants, à travers le hurlement des sirènes et le crépitement du brasier :

– Nadeau, appelle la centrale et assure-toi que le directeur est en route. On a probablement déjà informé Lacoste et Pichette, mais ça ne ferait pas de mal qu'on te le confirme. Assure-toi aussi qu'on a appelé le maire. Et demande qu'on informe tout de suite le chef de cabinet du Premier ministre qui voudra certainement alerter son monde.

Le lieutenant Nadeau partait quand Bolduc le rappela :

— Tâche aussi de mettre la main sur quelqu'un qui connaît bien l'édifice et trouve-moi copie des plans.

À sept heures vingt-cinq, le Premier ministre Marc Richard, domicilié tout près, à Sainte-Foy, est déjà sur les lieux, les cheveux en broussaille, un simple imperméable par-dessus son pyjama. La barbe grise, touffue, qu'il n'a pas pris le temps de raser, son regard atterré, ses traits étirés font de lui presque un vieillard. Il n'a pourtant que cinquante-quatre ans. À sa haute taille, à sa forte carrure légèrement voûtée, des policiers municipaux le reconnaissent rapidement, vont à sa rencontre, lui font immédiatement franchir le cordon et le conduisent à leur chef qui, lui aussi, vient tout juste d'arriver.

Pierre Lacoste dirige la police de Québec depuis bientôt six ans. Ayant eu plus d'une fois l'occasion de se rencontrer, lui et le Premier ministre se connaissent assez bien.

— Une autre affaire criminelle, Pierre ? demande le chef du gouvernement en refermant le col de son imper pour se protéger de l'eau des lances qui, poussée par le vent soufflant du fleuve, retombe sur lui en froides gouttelettes.

— Tout l'indique, répond Lacoste. Je viens d'arriver. J'ai tout juste eu le temps de parler brièvement à deux de mes hommes qui passaient en voiture au moment de l'explosion. Une explosion d'une force incroyable qui a fait un grand trou dans la façade et lancé des pierres à deux cents pieds. Mes hommes n'ont vu personne dans le voisinage, seulement un passant sur Grande Allée. Une partie de la tour s'est écroulée un peu avant sept heures...

— Sait-on s'il y a des victimes ?

— Deux ambulances viennent de partir avec des blessés graves : trois agents de sécurité et deux femmes de ménage.

— Sait-on combien il y avait de personnes à l'intérieur ?

— On me dit qu'habituellement il y en a une quinzaine la nuit : des agents de sécurité et des femmes préposées à l'entretien. On me dit aussi que des ministres y passent parfois la nuit...

— Oui, je suis au courant. Et je n'ai jamais été d'accord avec ça.

— J'en saurai certainement plus long dans quelques minutes, reprit le chef de police. Je vais d'abord vérifier si une communication a été établie entre la centrale du Parlement et la nôtre avant l'explosion. Si oui, ça pourrait nous éclairer.

— Est-ce que Pichette est là ?

— Il est en route et une douzaine de ses hommes sont arrivés. On l'attend d'une minute à l'autre.

Le Premier ministre regarda sa montre.

— Il est sept heures trente-cinq, dit-il. Essaie de recueillir le plus de renseignements possible et d'être à mon *bunker* à... disons à neuf heures. Quand tu parleras à Pichette, dis-lui que je l'attends. Avertis aussi Patrice. Nous tiendrons une réunion spéciale du cabinet et je veux que vous soyez là. Il me faut au moins un rapport préliminaire.

Alors que le chef du gouvernement s'éloignait pour échapper à l'eau que le vent poussait vers lui, un journaliste de la radio s'approcha en courant, micro en main :

– Monsieur le Premier ministre ! Monsieur le Premier ministre ! Vous voulez dire quelques mots à nos auditeurs ?

– Quelques mots seulement. J'ai très peu d'informations.

Le journaliste ouvrit son micro :

– Je suis sur la colline parlementaire en compagnie du Premier ministre. Au moment où je vous parle, des ambulances et des voitures de pompiers arrivent de tous côtés, des hommes courent avec des brancards, les flammes s'élèvent très haut dans le ciel. Un véritable enfer. Tout cela tient du cauchemar. On se demande si l'on ne rêve pas.

Puis, s'adressant à Monsieur Richard :

– Je sais que vous venez tout juste d'arriver mais, quand même, nos auditeurs seraient sans doute très heureux de vous entendre. Auriez-vous un message pour eux à ce moment-ci ?

– Je sais vraiment peu de chose. Il y aurait eu, d'après ce qu'on m'a dit, une quinzaine de personnes à l'intérieur : des agents de sécurité et des femmes affectées à l'entretien.

– Pas de ministres ? Pas de députés ?

– Je ne sais pas.

– Y a-t-il des morts, des blessés ?

– On vient de transporter cinq personnes à l'hôpital. Elles seraient grièvement blessées.

– Encore l'œuvre de terroristes, croyez-vous ?

– Je ne sais pas. C'est possible.

– Allez-vous convoquer une conférence de presse ?

– Au moment opportun.
– Est-il possible que vous reportiez les élections ?
– Pas question.
– Même dans ce climat de tension extrême ?
– Certains seraient trop contents. Je ne leur donnerai pas ce plaisir.
– Allez-vous convoquer le Parlement ?
– Évidemment pas, le Parlement est dissout. Mais j'ai convoqué tous mes ministres pour neuf heures ce matin à mes bureaux. On verra les mesures qu'il y a lieu de prendre. C'est tout ce que je peux vous dire pour l'instant.

Le Premier ministre recula d'un pas puis, se ravisant, reprit le micro :

– Je voudrais ajouter un mot. Je voudrais demander aux Québécois qui nous écoutent – les supplier même, comme je l'ai fait hier soir à la télévision – de ne pas perdre courage. Nous traversons des moments difficiles, extrêmement difficiles. Mais rien ni personne n'empêchera le Québec de choisir son avenir. Nous en déciderons de façon démocratique, mais c'est nous-mêmes qui en déciderons. Et si cette tragédie épouvantable que nous vivons est l'œuvre de terroristes, je désire assurer les Québécois que rien ne sera négligé pour les arrêter et les punir comme ils le méritent. Croyez-moi, ils le paieront cher.

Puis, se frayant un chemin dans la foule de curieux qui commençait à grossir aux abords de la colline, le Premier ministre remonta le col de son imper, baissa la tête et se dirigea d'un pas ferme vers l'édifice abritant ses bureaux.

Quand les premières caméras de télévision arrivèrent, Monsieur Richard avait déjà disparu. Le reporter de Télé-Québec, brisé par l'émotion, eut du mal à décrire la scène. Au bout de quelques minutes, se rendant compte que ses mots étaient de toute façon bien en deçà de l'image, il laissa son caméraman travailler sans lui.

On vit alors de longues langues de feu consumer peu à peu le vénérable édifice d'une architecture quasi unique en Amérique du Nord, inspirée du classicisme français du XVe siècle, n'épargnant ni l'Assemblée nationale, de style Renaissance française, ni le Conseil législatif où se tenaient depuis 1968 les séances des commissions parlementaires. On vit des douzaines de pompiers couverts d'eau et de suie, bonbonne sur le dos et masque au visage, sortir quasi asphyxiés des débris fumants, pendant que d'autres transportaient sur leurs épaules jusqu'aux ambulances des hommes et des femmes grièvement brûlés. Des scènes d'horreur qui se passaient vraiment de commentaires.

Seulement deux mots devaient marquer cette succession d'images effroyables, deux mots criés à pleins poumons par un vieillard déchaîné que retenaient deux policiers, deux mots sortis d'une bouche écumant de colère et de haine : « MAUDITS ANGLAIS ! »

12. LA RÉUNION DU CABINET

À neuf heures précises, dans l'édifice couramment appelé le *bunker*, à deux pas de l'hôtel du Parlement, cinq hommes et quatre femmes prennent place aux côtés du Premier ministre autour d'une grande table rectangulaire sur laquelle sont posées des tasses de porcelaine que le chef de cabinet, premier arrivé, remplit de café noir. Malgré la campagne électorale qui a disséminé les ministres aux quatre coins du territoire, le très efficace chef de cabinet Jean Tessier a réussi à les joindre tous sauf deux. Huit sont en route.

Jocelyne Bureau, vice-Premier ministre, était à sa résidence de Charlebourg, Bernard Leclerc, ministre des Finances, à son domicile de Sainte-Foy, Jean-Paul Touchette, ministre de l'Environnement, était chez lui à Lévis, alors que Jacques Lussier, des Transports, Claire Bienvenue, des Affaires municipales, Jeanne Pérusse, de l'Éducation, Claude Bélanger, des Ressources naturelles, et Pierrette Letendre, Population (autrefois l'Immigration), se trouvaient tous dans leurs comtés respectifs, se remettant d'une épuisante journée d'assemblées publiques, quelques-unes extrêmement orageuses. Enfin, Pierre-Rémi Cadieux, quarante ans, titulaire de la Voirie, marié et père de deux enfants, était à Beauport avec sa jeune maîtresse.

En raison des troubles graves que connaissait le Québec depuis la déclaration d'indépendance votée par l'Assemblée nationale et l'annonce d'élections anticipées, le Premier ministre exigeait que tous les membres de son conseil sans exception soient facilement joignables la nuit comme le jour, obligeant ainsi le chef de cabinet à connaître les déplacements de chacun, même les plus privés. Ce qui avait fait dire un jour à l'un d'eux dans un moment de colère : « Câlisse, si ça continue il va falloir lui dire quand on va pisser ! »

En instance de divorce, le ministre de la Voirie entretenait une liaison amoureuse avec une jeune fille de Beauport plus sensuelle que jolie, auprès de laquelle, chaque fois que ses occupations le lui permettaient − et davantage encore −, il se délestait du trop-plein de tensions que son ministère lui imposait. Friand d'ébats matinaux, il faisait sonner son réveille-matin à la barre du jour, s'épanchait tout de go dans les bras de sa Rita et retournait dans ceux de Morphée si vite que, bien souvent, la pauvre fille n'avait eu connaissance de rien. Or, par une curieuse coïncidence, l'explosion à l'hôtel du Parlement s'était produite au moment précis où lui-même... explosait. Les chutes Montmorency, rien de moins, dans un concert de trompettes, de cymbales, de trombones, de cors et de grosses caisses ! Le téléphone avait sonné moins d'une demi-heure après le grand finale, obligeant le ministre à sauter précipitamment dans son pantalon sans avoir eu le temps de reprendre son souffle.

Si le jeune ministre de la Voirie, les yeux hagards, la braguette à demi fermée, le col de chemise ouvert sous un nœud de cravate mal bouclé, les coudes appuyés sur la grande table du conseil et ses larges mains moites enfouies dans son épaisse chevelure ébouriffée, semblait peu conscient de ce qui se passait autour de lui, d'autres avaient à peine meilleure mine. La ministre des Affaires municipales, sans fard et elle aussi décoiffée, vêtue seulement d'un grand manteau qui la couvrait jusqu'aux mollets, pleurait comme une Madeleine, le ministre de l'Environnement tremblait au point de ne pouvoir tenir sa tasse de café, et même le Premier ministre, qui heureusement s'était fait venir vêtements et souliers secs, avait peine à garder son sang-froid. C'est lui qui ouvrit l'assemblée.

– Chers collègues, merci d'être venus si rapidement. Un merci spécial à Jean qui a pu joindre presque tout le monde. Nous allons commencer l'assemblée immédiatement malgré les quelques absences, afin de permettre à nos deux chefs de police et à notre directeur du Service des incendies de retourner rapidement à leur boulot. Nous informerons les autres au fur et à mesure qu'ils arriveront.

Il prit une gorgée de café chaud et poursuivit :

– Ma première question s'adresse à Patrice : y a-t-il des pertes de vie ?

Encore botté mais soulagé de son casque qu'il avait déposé près de lui sur le parquet de chêne bien ciré, soulagé aussi de son épaisse veste de caoutchouc qu'il avait jetée sur le dos de son fauteuil, Patrice Letendre, directeur du Service des incendies de Québec, répondit d'une voix qui cachait mal son émotion :

– Je le crains, Monsieur le Premier ministre. Un agent de sécurité qui s'en est miraculeusement tiré sans blessures graves nous a dit avoir vu un mur s'effondrer sur trois de ses confrères et autant de femmes de ménage. Le feu est encore trop intense pour nous permettre d'aller jusqu'à eux. Il faut les compter pour morts. Par ailleurs, huit autres employés ont été transportés à l'hôpital grièvement brûlés. Cinq de nos hommes ont aussi été blessés, dont l'un grièvement. C'est un bilan provisoire évidemment. Ça continue de brûler.

– Ça brûle depuis plus de deux heures. Pensez-vous en venir à bout bientôt ?

– Nous faisons l'impossible. L'alerte générale a été donnée dès l'explosion. Tous les hommes disponibles sont sur les lieux, ceux qui étaient de service à ce moment-là et les autres qu'on a pu joindre chez eux. Nous utilisons tout l'équipement que nous avons – en espérant qu'il n'y aura pas d'alerte ailleurs.

Le chef Letendre eut un bref moment de silence puis, s'adressant au Premier ministre :

– À moins que vous jugiez ma présence encore nécessaire ici, auriez-vous l'obligeance de m'excuser ? Même si j'ai pleine confiance dans mes adjoints, j'aimerais bien retourner. Je reviendrai au besoin vous faire rapport un peu plus tard.

– Mais oui, va, va, répondit Monsieur Richard. Merci d'être venu et bon courage.

Quand le chef des sapeurs eut fermé la porte derrière lui, le Premier ministre leva les poings au ciel et les rabattit sur la table avec une telle force que des tasses se renversèrent.

– Des monstres ! dit-il. Ceux qui ont fait ça sont des monstres ! Il faudrait rétablir la peine de mort pour des crapules semblables !

Puis, se tournant vers le chef de la police municipale :

– Pierre, tu m'as parlé d'un individu qui rôdait autour du Parlement au moment de l'explosion. Est-ce qu'on sait qui il est ?

– Nous l'avons interrogé, répondit Lacoste, du moins, nous avons essayé. C'était un clochard, un dénommé Mathieu Labrecque, cinquante-deux ans, que mes hommes voient tous les jours quêtant autour du Château Frontenac. Un cerveau brûlé, un pauvre type qui préfère coucher à la belle étoile plutôt que de passer la nuit dans un gîte où on l'obligera à se laver. Nous l'avons mis en tôle pour sa protection. Dès qu'il sera dégrisé, nous le laisserons partir.

– As-tu demandé si une conversation a eu lieu avant l'explosion entre la centrale de police et la Sécurité du Parlement ?

– J'allais justement vous en parler, répondit Lacoste. La dernière communication a été enregistrée à six heures, je l'ai écoutée. Le chef de la Sécurité dit d'abord qu'il n'a rien de particulier à signaler, puis mentionne qu'un ministre est venu peu après minuit avec une jeune femme. On entend sur le ruban quelques blagues que je n'oserais pas répéter ici... et la conversation se termine.

– A-t-il dit qui était ce ministre ?

– Non, répondit Lacoste, et notre agent de service ne l'a pas demandé. La Sécurité nous a assurés par contre qu'il n'y avait jamais plus de quinze employés au Parlement dans la nuit du samedi au dimanche depuis qu'on a coupé dans les budgets : dix femmes de ménage et cinq agents de sécurité. C'est la nuit de la semaine où il y a le moins de personnel.

Le Premier ministre se tourna vers son chef de cabinet :

– Qui sont les deux ministres que tu n'as pas réussi à joindre, Jean ?

– Le ministre de la Sécurité publique et le ministre de la Justice, répondit le chef de cabinet.

La réponse en fit sourire quelques-uns mais personne n'osa commenter.

– Nous verrons à cela plus tard, dit le Premier ministre. En attendant, j'aimerais savoir de toi, Alain, comment tu envisages l'enquête.

Le directeur de la toute nouvelle Sûreté nationale du Québec (SNQ) posa la tasse de café qu'il sirotait :

– Monsieur le Premier ministre, dit-il lentement en joignant sur la table ses deux larges mains, il est hors de doute que nous avons affaire à des professionnels. Il ne s'agit pas ici d'une bombe de fabrication artisanale lancée ou posée là par un amateur, il s'agit d'une bombe très puissante, sans doute une bombe à retardement ou télécommandée, possiblement le type utilisé depuis un an ou deux par des terroristes américains, la fameuse H4-D, puissante mais minuscule, qu'un homme peut presque glisser dans sa poche de pantalon. L'engin pourrait avoir été laissé là la veille, caché par un visiteur ou un livreur – bien que je ne comprenne pas comment cet individu aurait pu échapper à nos mesures de sécurité. Chose certaine, il a explosé à l'intérieur, près de l'entrée principale. Ça ne peut être qu'un *inside job*. Je ne vous dis pas que le coupable est nécessairement un membre du personnel, mais c'est une possibilité à considérer sérieusement à ce stade-ci. Nous en saurons plus long quand nous aurons examiné les décombres et interrogé les survivants.

– Qu'est-ce qu'on peut faire pour t'aider ? demanda Monsieur Richard.

Pichette hésita un moment.

– Eh bien, je vous demande d'abord autorité complète sur l'enquête.

– Accordé! répondit le Premier ministre sans hésiter.

– J'aimerais ne relever que de vous et du ministre de la Sécurité publique. Dommage qu'il ne soit pas ici.

– Je vais le prévenir, assura Monsieur Richard.

– J'aimerais suspendre toutes les enquêtes qui ne sont pas absolument essentielles et urgentes, de manière à mettre sur cette affaire le plus d'hommes possible. Tous relèveront de moi directement. Il nous faut la collaboration de tous les corps municipaux.

– Demande approuvée, répondit le Premier ministre.

– Mais comme il y a lieu de penser que le ou les responsables ne sont pas d'ici et qu'ils ont déjà quitté le Québec, il nous faudra compter beaucoup sur les corps de police de l'extérieur, en particulier la GRC, la Police provinciale de l'Ontario et notre brigade antiterroriste Canada-Québec. Au fait, Monsieur le Premier ministre, le moment serait peut-être venu de réévaluer cette brigade. On ne peut pas dire que ce soit un grand succès jusqu'à maintenant...

Cette jeune brigade spéciale n'existait que depuis deux ans. Formée en raison de l'aggravation du terrorisme des deux côtés de l'Outaouais, elle avait son quartier général à Rockcliffe et son travail principal consistait à coordonner les efforts des polices du Canada et du Québec en vue de mettre un terme à cette vague de terrorisme le plus rapidement possible.

– J'ai eu assez de peine à convaincre Ottawa de la créer, cette brigade, répondit le Premier ministre, ne viens pas maintenant me demander de la démembrer !

— Je m'excuse, mais avouez qu'elle n'a pas donné grand-chose. C'est un monstre hybride : une patte de chaque côté de l'Outaouais et la tête on ne sait trop où. Son contrôle nous échappe complètement.

— Tu as une meilleure solution ?

Pichette ne répondit pas. Pendant un long moment, pas un mot dans la salle.

— Je te comprends parfaitement, Alain, reprit le chef du gouvernement. Ça me dégoûte comme toi de penser que ces bandits-là soient en liberté. Si vous êtes d'accord, je vais commencer par appeler dès ce matin le Premier ministre O'Brien. Je vais même offrir de le rencontrer chez lui, sur son territoire, pour voir ce que nous pourrions faire. J'ignore ce que ça va donner ; vous savez comment il me reçoit chaque fois que je lui propose quelque chose. Ce cher homme est tellement sûr que nous allons perdre nos élections la semaine prochaine, tellement sûr de nous voir à plat ventre devant lui. Ça lui ferait tellement plaisir de m'envoyer paître encore une fois. Mais je vais quand même prendre mon courage à deux mains et l'appeler. Je vous tiendrai au courant.

À cet instant précis, quelqu'un frappa à la porte et Jean Tessier se leva pour aller ouvrir. Le chef des agents de sécurité du *bunker*, un dénommé Pierre Béland, tenant une enveloppe brune dans sa main droite, demanda au chef de cabinet de sortir dans le couloir un moment, ce que fit Tessier en fermant la porte derrière lui après s'être excusé auprès du Premier ministre.

— Un de mes hommes vient de trouver cette enveloppe, dit Béland à voix basse. Comme elle est adressée au Premier ministre d'une façon assez spéciale, avec en plus la mention « confidentiel » en anglais, je viens vous la porter.

La calligraphie était en effet particulière. Les lettres, découpées d'un magazine imprimé sur papier glacé, étaient en caractères de différentes grosseurs et de différentes couleurs, collées les unes à la suite des autres. Les mots étaient en anglais : « TO THE PRIME MINISTER OF QUEBEC – CONFIDENTIAL ».

– Qui l'a trouvée ? demanda Tessier

– C'est Leblanc qui l'a trouvée sous une porte donnant sur l'arrière. Un homme de confiance, ce Leblanc. Au-dessus de tout soupçon. Vous n'avez rien à craindre.

– Est-ce qu'on n'avait pas demandé des mesures de sécurité maximales à l'intérieur et à l'extérieur du building ?

– Les ordres ont été exécutés à la lettre.

– Alors comment se fait-il qu'on n'ait pas vu la personne qui a laissé cette enveloppe ?

– Je n'en sais rien.

– Il va certainement falloir enquêter là-dessus. Si on n'est pas plus protégé...

À ces mots, Tessier entrouvrit la porte de la salle du conseil, s'excusa de nouveau auprès du Premier ministre et pria les deux chefs de police de venir le joindre dans le corridor. Puis il donna congé au gardien Béland.

– Malgré toutes les mesures de sécurité que nous avons prises, dit Tessier aux deux chefs de police, quelqu'un a pu glisser cette enveloppe sous une porte sans être vu. C'est un gardien du nom de Leblanc qui l'a trouvée il y a quelques minutes. Qu'est-ce qu'on fait ?

– Eh bien, on l'ouvre, de dire Pichette. On n'a pas tellement le choix.

– Et si elle nous sautait dans la face ? dit Tessier en reculant d'un pas.

– Des enveloppes, ça saute seulement dans les romans policiers, répondit Pichette. Mais au cas où il y aurait des empreintes, essayons de ne pas les brouiller.

Le policier sortit de sa poche un grand mouchoir blanc avec lequel il prit l'enveloppe, puis déchira délicatement une extrémité. Il en retira avec le mouchoir une feuille sur laquelle était écrit en anglais, toujours en caractères d'imprimerie découpés d'une revue et plus ou moins bien alignés :

« FUCK YOU AND FUCK QUEBEC. YOU WILL NEVER PAY ENOUGH FOR ALL THE HARM YOU DID TO CANADA. THIS FIRE MIGHT ONLY BE THE BEGINNING. »

C'était signé : « KNIGHTS OF VENGEANCE ».

Les trois hommes restèrent paralysés de stupeur. C'est finalement le chef de cabinet qui rompit le silence :

– Je pense, dit-il, qu'il vaudrait mieux montrer cette lettre au Premier ministre.

13. ANNÉES SOMBRES

C'était la douzième explosion criminelle depuis le fameux vote de l'Assemblée nationale proclamant unilatéralement l'indépendance du Québec et ordonnant la tenue d'élections. Surtout, c'était de loin la plus violente, la plus terrible, la plus sauvage, au point que même les plus antiquébécois des fédéralistes, hormis peut-être quelques esprits dérangés, en avaient éprouvé un profond sentiment de dégoût et de honte. La plupart des explosions précédentes s'étaient produites à Montréal et dans la région d'Ottawa, à l'extérieur d'édifices publics, dans des boîtes à lettres, devant des monuments. On avait piégé à Ottawa la fourgonnette d'un animateur de télévision jugé trop sympathique à la cause québécoise. Fort heureusement, l'engin avait explosé juste avant que l'homme, un vieillard cul-de-jatte, et son chauffeur ne prennent place dans le véhicule.

La première explosion s'était produite le soir du vote à l'extérieur de l'hôtel de ville de Montréal, sous le balcon où le général de Gaulle avait lancé son historique « Vive le Québec libre ! » en 1967. Une bombe de faible puissance, de fabrication artisanale de toute évidence, qui avait fait plus de bruit que de mal. Un individu avait téléphoné à la police peu après pour dire, moitié en anglais, moitié en français, que son « pétard » n'était qu'un avertissement. *«That's nothing compared with what's coming.* Juste un pétard. Un pétard pour des bâtards!» avait-il lancé avant de raccrocher. Reçu juste avant minuit, l'appel avait été retracé à une cabine téléphonique du Vieux-Montréal, près de la station de métro Champ-de-Mars. La police avait aussitôt dépêché des agents tant à cette cabine qu'au célèbre balcon et passé le voisinage au peigne fin. Comme elle ne disposait pas du moindre signalement, trouver le coupable aurait tenu du miracle. Qui plus est, la « bombette » n'avait causé ni dégât ni perte de vie. Pourquoi alors s'énerver? On avait vraisemblablement affaire à un énergumène, peut-être à quelqu'un qui avait trop bu et qui, le lendemain, ne se souviendrait de rien. La nouvelle ne fut même pas communiquée à la presse.

La tension entre anglophones et francophones n'avait cessé de s'accentuer depuis des années et chacune des élections avait clairement montré le clivage. Toute l'île de Montréal ou presque était maintenant d'un rouge éclarlate, sans parler évidemment de l'Outaouais, du Pontiac et d'autres régions tout aussi traditionnellement fédéralistes. Le Parti québécois avait fini par perdre le pouvoir aux mains des libéraux qui, eux, avaient baissé pavillon devant le Parti autonomiste de Marc Richard.

Le déclin péquiste s'était produit graduellement au fil des ans. Après le départ de Jacques Parizeau et l'arrivée de Lucien Bouchard en 1996, le PQ avait espéré une montée fulgurante et soutenue, mais la conjoncture économique difficile, les coupes draconniennes dans la Santé et autres services publics, la crainte d'un nouveau référendum sur la souveraineté ainsi que l'arrivée d'un jeune chef flamboyant à la tête du Parti libéral du Québec avaient peu à peu fait pâlir son étoile, à un point tel qu'aux élections de 1998 les libéraux de Jean Charest étaient venus bien près de prendre le pouvoir. Bouchard avait compris le message : les Québécois qui avaient dit non à la souveraineté au référendum de 1995 continuaient de dire non et demandaient tout simplement au PQ un bon gouvernement. Le parti mettrait donc son option en veilleuse jusqu'à ce que – formule géniale ! – « toutes les conditions gagnantes soient réunies ». En attendant, on s'efforcerait de gouverner le mieux possible dans le carcan constitutionnel canadien.

Mais ces fameuses « conditions gagnantes » avaient tardé : la situation financière du Québec était demeurée précaire, bien en deçà de celle de l'Ontario, les grèves s'étaient multipliées, les relations avec Ottawa demeuraient tendues, le climat social était à l'orage. Aussi, aux élections suivantes, une majorité de Québécois avait-elle porté au pouvoir le Parti libéral du Québec, petit frère du Parti libéral fédéral.

Hélas, la situation ne s'était guère améliorée. Les Québécois, qui avaient cru un moment qu'un parti fédéraliste à Québec obtiendrait davantage d'Ottawa qu'un gouvernement souverainiste, se voyaient amèrement déçus. Bien sûr, l'idée de la séparation continuait de les effrayer ; bien peu se sentaient prêts à plonger dans une telle aventure, à risquer de perdre leur citoyenneté canadienne, leur passeport canadien et autres acquis. Pourtant, une majorité continuait tout de même de souhaiter pour la province une plus large part d'autonomie – un Québec uni au Canada en autant que celui-ci ne mettait pas trop le nez dans ses affaires –, et c'est pourquoi, aux élections de 2010, le Québec avait porté au pouvoir le tout nouveau Parti autonomiste de Monsieur Marc Richard.

À Ottawa pendant ce temps, un gouvernement libéral fatigué, à court d'idées nouvelles, dépassé par les événements, usé par les querelles incessantes, avait fini par courber l'échine devant un nouveau parti de droite né de l'ancien *Reform Party* et de mutations subséquentes : le *Canadian Unity Party*. Jugé par ses troupes trop ambivalent, pas assez à droite, Preston Manning avait fait place à un certain James Barry O'Brien, un Albertain unilingue un peu rustre – on craignait toujours de le voir arriver en Chambre en costume de cowboy ! – et aussi conservateur que le plus conservateur de ses commettants.

Il faut dire que, en ce début de troisième millénaire, un fort vent de conservatisme soufflait sur l'ensemble du Canada et de l'Amérique du Nord. Le *Reform Party*, parti de droite fondé en Alberta au début des années quatre-vingt-dix, avait eu beaucoup de succès dans l'Ouest mais pas assez dans l'Est pour pouvoir espérer prendre le pouvoir. D'où la naissance du *Canadian Unity Party* et le virage accentué vers la droite. Le programme économique du CUP consistait à éponger rapidement la dette nationale en sabrant plus que jamais dans les dépenses et en privatisant dans toute la mesure du possible, éliminer le chômage en créant plus d'emplois et en rendant l'assurance-chômage et l'aide sociale encore plus difficilement accessibles, enfin, sur le plan culturel, renoncer au bilinguisme à l'échelle du pays en abolissant la coûteuse Loi des langues officielles. Le Québec pourrait demeurer francophone si tel était son bon plaisir, mais le reste du Canada serait plus anglophone que jamais.

Dans une société devenue extrêmement permissive et violente, le CUP avait promis de rétablir rapidement la loi et l'ordre en modifiant radicalement la Charte des droits et libertés et la loi de l'immigration. Finie la citoyenneté canadienne quasi automatique. Triés sur le volet selon des règles et des contingentements stricts, les immigrants devraient désormais attendre beaucoup plus longtemps avant d'être protégés par la Charte des droits, d'être admissibles à l'assurance-maladie et à l'aide sociale. La loi permettrait maintenant aux tribunaux de traiter un adolescent sur le même pied qu'un adulte et d'imposer l'emprisonnement à vie à tout délinquant reconnu coupable d'un troisième délit grave. Un immigrant n'ayant pas encore reçu son certificat de citoyenneté pourrait être déporté dès son premier crime.

Ce resserrement fut d'autant mieux accueilli que le phénomène des gangs n'avait cessé de croître. Attentats à la bombe, vols avec violence, extorsions, trafic de stupéfiants, prostitution et fusillades en auto étaient devenus monnaie courante. Dans les grandes villes en particulier, nombre de gens n'osaient plus sortir le soir.

On attribuait en partie cette violence à une immigration insuffisamment contrôlée. Car le Canada était devenu une véritable passoire à immigrants. Le pays était rempli de faux réfugiés, souvent d'anciens terroristes, vivant au crochet de l'État avec de faux papiers, de fausses cartes d'assurance-maladie, touchant l'aide sociale et travaillant au noir. À la faveur d'une frontière pleine de trous, plusieurs venaient des États-Unis où les lois, plus sévères qu'ici, leur avaient fermé les portes.

Bien sûr, ces nouveaux arrivants ne détenaient pas le monopole du crime; ils n'avaient pas créé le problème, ils l'avaient tout simplement aggravé. La criminalité était avant tout le résultat d'un relâchement général des mœurs, d'une violence importée des États-Unis par les médias, d'une démission des parents, enfin, d'un régime qui dans l'ensemble avait rendu les pauvres plus pauvres, les riches plus riches. Et le nouveau gouvernement du *Canadian Unity Party* se proposait bien de mettre de l'ordre dans tout cela.

Les relations Ottawa-Québec ne s'étaient guère améliorées pour autant. Alors qu'Ottawa voyait enfin sa dette diminuer, les gouvernements provinciaux, eux, continuaient d'éprouver de sérieuses difficultés. Aussi, peu de temps après l'arrivée au pouvoir du CUP, le nouveau gouvernement du Parti autonomiste québécois, exaspéré par l'intransigeance d'Ottawa, déposait-il à l'Assemblée nationale un projet de loi réclamant « une complète autonomie interne », c'est-à-dire l'autonomie dans tous les domaines sauf la monnaie, les postes, la défense et quelques autres. Fort de l'appui des députés péquistes, des indépendants et même de quelques libéraux, le gouvernement vit son projet de loi rapidement approuvé. Mais une fois de plus le gouvernement d'Ottawa rejeta les prétentions du Québec du revers de la main.

C'en était trop. À l'issue d'un tumultueux débat de plusieurs jours, l'Assemblée nationale vota un soir rien de moins que la souveraineté. Péquistes et indépendants décidèrent du même coup de se joindre aux autonomistes pour ne plus former qu'un seul parti et de soumettre le vote de l'Assemblée à de nouvelles élections générales devant avoir lieu dans un délai de six à douze mois.

Le vote souleva naturellement un tollé chez les fédéralistes, suivi d'une vive controverse juridique :

– L'Assemblée nationale ne peut pas, en droit, déclarer le Québec souverain. Elle est soumise à la constitution canadienne qui, pour qu'une telle loi soit valide, exige l'unanimité des gouvernements d'Ottawa et des provinces...

– Mais l'Assemblée nationale a été élue par le peuple et le droit de vote du peuple est sacré...

– Vous n'avez même pas tenu de référendum !

– Les Québécois pourront renverser le gouvernement aux prochaines élections si tel est leur désir...

– Il reste que l'Assemblée nationale a agi dans l'illégalité !

– Le droit naturel et le droit international reconnaissent à tous les peuples, petits ou grands, riches ou pauvres, le droit à l'indépendance...

– Le droit à l'autodétermination ne peut pas remettre en cause l'intégrité du territoire. L'application extrême d'un tel principe aurait pour effet l'éclatement de centaines de pays à travers le monde...

Le nouveau gouvernement d'Ottawa refusa évidemment de reconnaître la légalité du vote, adopta à l'égard du Québec une attitude plus intransigeante et frondeuse que jamais. « Le Québec est libre de partir s'il le veut, lança un jour aux Communes le Premier ministre O'Brien, mais il n'aura pas un sou de nous. En fait, au point où en sont les choses, je ne cacherai pas qu'une bonne partie du Canada souhaite ce départ plus que jamais. Parce que le Québec sera toujours pour le Canada « *a pain in the neck* ».

Le lendemain du vote historique, une nouvelle bombe avait éclaté, cette fois sur la place d'Armes, au pied du monument de Maisonneuve, fondateur de Montréal. Le surlendemain, une autre, un peu moins puissante celle-là, avait ébranlé la colonne de quinze mètres supportant la statue d'Horatio Nelson sur la place Jacques-Cartier. Et le jour suivant, vers quatre heures du matin, encore une autre, cette fois devant les bureaux de l'Association pro-Canada de l'ouest de Montréal, à Westmount.

Une heure à peine après ce dernier attentat, un individu s'exprimant en français avait téléphoné à un quotidien montréalais pour en revendiquer la paternité au nom de « L'Ordre des chevaliers du Québec », organisme dont personne n'avait jamais entendu parler. L'enquête n'avait rien donné, pas plus sur cet attentat que sur les autres. La police avait bien arrêté quelques membres de gangs mais, faute de preuves, les avait tous relâchés.

Après une accalmie de quelques mois, une autre bombe, de faible puissance, avait fait sauter un panneau de voirie à l'entrée d'Orléans, petite banlieue jadis très francophone à l'est d'Ottawa, sur lequel, depuis des années, anglophones et francophones s'employaient, les premiers à maquiller de peinture l'accent sur le mot Orléans, les seconds à le rétablir – jeu puéril il va sans dire mais symptomatique de la tension qui couvait. Les autres explosions s'étaient produites dans des boîtes postales ici et là dans l'Outaouais, en même temps qu'apparaissaient sur des douzaines d'édifices fédéraux les initiales « OJC » en grosses lettres bleues.

Et le Québec francophone n'était pas seul à parler de séparation. Des circonscriptions québécoises majoritairement anglophones de l'ouest de Montréal, réunies dans la puissante Association pro-Canada, faisaient simultanément campagne pour se séparer du Québec. Le Pontiac, à l'ouest de Hull, voulait se transformer en duché, alors que les Amérindiens, eux, proclamaient haut et fort qu'advenant une rupture définitive ils réclameraient le tiers du territoire québécois.

En ce dimanche de l'an 2012, huit jours avant le fatidique scrutin, les Québécois paraissent si fortement divisés qu'on ne peut vraiment pas prévoir l'issue. Si les ténors du *Canadian Unity Party* répètent à qui veut les entendre qu'une majorité de Canadiens ne seraient pas fâchés de voir le Québec quitter la Confédération définitivement, les libéraux mènent une campagne à tout rompre pour éviter que le verdict populaire ne concrétise la brisure. D'un côté comme de l'autre on craint le pire : une crise économique très grave, une désastreuse dépression, peut-être même la guerre civile. Aussi, devant tant de bouleversements se trouve-t-il bien des nationalistes, tant du côté francophone qu'anglophone, pour accepter maintenant de mettre de l'eau dans leur vin et donner au fédéralisme une nouvelle chance.

Hélas, des extrémistes des deux côtés de l'Outaouais sont prêts à tout pour empêcher que les relations reprennent entre les époux séparés. Et la douzaine d'attentats à la bombe sont autant d'avertissements aux deux gouvernements : « Chacun dans sa cour ! Et pour toujours ! »

14. LE RENDEZ-VOUS

Ce même dimanche d'octobre 2012, en début de soirée, treize heures environ après l'explosion de Québec, une grosse Mercedes grise, ses vitres si fortement teintées qu'on ne pourrait apercevoir les occupants même en plein jour, traverse un petit village à une cinquantaine de kilomètres à l'ouest d'Ottawa, tourne à gauche en face d'un temple de la United Church planté presque en plein centre d'un champ de maïs, puis s'engage dans une étroite route de terre battue bordée d'épinettes à demi dévorées par la tordeuse à bourgeons. À cinq kilomètres du village, devant une maison faiblement éclairée et marquée d'une enseigne jaune et noire ne portant que deux mots, *Baker Construction*, la Mercedes ralentit, s'engage dans l'entrée de cour et s'arrête aux côtés de quatre voitures stationnées l'une contre l'autre, d'un vieux tracteur, d'une pelle mécanique et d'un bouteur.

La maison est un grand cottage de brique rouge avec, en avant, une longue galerie blanche. Même en plein jour on pourrait à peine l'apercevoir tant elle est éloignée de la route et bien cachée par les peupliers qui bordent le terrain. Un énorme doberman retenu par une chaîne à l'un des piliers de la galerie aboie à pleine gueule. L'écume lui coule des mâchoires et quand les quatre hommes descendent de leur voiture pour se diriger vers la porte arrière, la seule qui soit éclairée, on croirait que les yeux vont lui sortir des orbites.

Les visiteurs, tout de noir vêtus, sont dans la quarantaine. John Taylor, de Toronto, grand, plutôt mince, le visage osseux et profondément marqué par l'acné, entre le premier. Le suivent Bill Thompson, de London, tout aussi grand mais plus large d'épaules, la chevelure taillée en brosse, Gerald Mortimer, de Hamilton, gros et court, portant au côté gauche de la figure une large cicatrice, enfin, Peter Crosati, sans domicile fixe, le plus costaud des quatre, cheveux noirs, nez camus et boitant légèrement du côté droit. Ils sont accueillis par un certain Jack Baker, un homme dans la soixantaine avancée à qui on n'en donnerait pas cinquante, gaillard musculeux et bien planté, épais sourcils, pommettes protubérantes, vêtu d'un jean noir et d'une chemise bleue à col ouvert. Ce sont cinq des neuf membres du conseil suprême des *Knights of Vengeance*, la société secrète responsable de l'explosion de l'hôtel du Parlement de Québec.

Les *Knights* se sont donné rendez-vous à leur quartier général pour faire le point sur l'attentat, dit «opération PQ -13», et déterminer le programme des prochains jours. Baker est le *Grand Master* (Grand Maître) de cette puissante organisation terroriste férocement antiquébécoise, alors que Taylor, Thompson, Mortimer et Crosati ont rang de *Great Knights* (Grands Chevaliers). Partis en début d'après-midi, les trois premiers ont voyagé ensemble depuis Toronto et rencontré Crosati à Ottawa dans un bar où ils ont réglé quelques affaires et pris un souper bien arrosé. Les quatre ont continué leur chemin dans la luxueuse Mercedes.

Sur le perron, dans un anglais ponctué de jurons et avec l'accent typique du sud des États-Unis, le Grand Maître blague avec ses amis quelques instants puis les invite à descendre au sous-sol où l'attend son conseil exécutif permanent : secrétaire, trésorier et deux conseillers, habitant tous la région d'Ottawa. Les salutations terminées, ils enfilent la tunique et la cagoule rouges qui reposent sur le dossier de leur siège et prennent place à la grande table rectangulaire sur laquelle brûlent deux bougies. Ayant revêtu lui aussi le costume protocolaire, éteint les lumières et pris place à une extrémité de la table, le Grand Maître invite l'assemblée à se lever en répétant après lui, la main sur le cœur, la formule d'usage :

« Je jure sur mon honneur que je ferai tout en mon pouvoir pour me venger du Québec qui a tant fait pour nuire à mon pays, le Canada ; que je ferai tout en mon pouvoir pour empêcher le Québec de réintégrer la Confédération canadienne ; que je ferai tout en mon pouvoir pour que le Québec, ainsi isolé, pourrisse comme un fruit tombé de l'arbre et dévoré par les vers ; que je ferai tout en mon pouvoir pour que l'anglais soit toujours la seule et unique langue parlée dans mon pays, le Canada. »

Le Grand Maître les invite à se rasseoir et à retirer leur cagoule, puis il déclare la séance ouverte.

Le décor est hallucinant. Sur un mur, un grand drapeau canadien voisine avec une croix gammée. Dans un coin, sur une commode, un crâne, trois bouteilles de vin blanc et onze verres. Les deux bougies qui brûlent sur la table animent les visages d'ombres si lugubres qu'on dirait des monstres. Un décor d'outre-tombe conçu pour rappeler que les *Knights* doivent être prêts à tout, même à donner leur vie pour atteindre leur fin : la mort du Québec.

Certains sont des terroristes de longue date. Né aux États-Unis, le Grand Maître vit au Canada depuis plus de trente ans. Ancien membre du Ku Klux Klan américain, société secrète qui a tant combattu la politique démocrate d'intégration des Noirs, Baker a brûlé des centaines de croix dans sa jeunesse, pillé des douzaines de maisons avant d'être finalement arrêté et condamné à cinq ans de prison à Atlanta. Comme jadis son père et son grand-père avaient combattu le droit de vote des Noirs américains, lui-même, sous le couvert de sa compagnie de construction, combat maintenant avec le même acharnement tout ce qui est français et québécois.

Taylor et Thompson, anciens chefs de groupements néo-nazis, ayant chacun un long casier judiciaire, dirigent d'une main de fer, l'un à Toronto et l'autre à London, des bandes de motards appelés les *Canadian Patriots*. Mortimer, qui a fait ses premières armes dans un gang de *Skin Heads* avant de passer dans une société secrète appelée les *White Kings*, est maintenant le chef des *Patriots* de Hamilton, bien que son autorité soit menacée depuis quelques mois par un dénommé Frank Potter dont il entend bien soumettre le cas au conseil suprême. Enfin, Peter Crosati, qui a fait ses classes dans l'Ouest canadien au sein d'un groupe appelé les *Frog Haters*, s'occupe particulièrement de la région de l'Outaouais, en plus d'assumer quelquefois les tâches spéciales que le conseil suprême veut bien lui confier.

Si Baker et ses quatre compères ont peu ou pas d'instruction, ils ont au moins eu l'intelligence de s'entourer de gens qui en ont. Arthur Blake, secrétaire général, et Charlie Bell, trésorier, sont deux comptables agréés; seul le second, arrêté pour une affaire de drogue, possède un casier judiciaire. Herman Boroff et Tony Barrett, les deux conseillers, sont des avocats qui ont fait fortune dans le jeu et la prostitution, le premier au Québec, le second en Ontario.

Ces quatre Grands Chevaliers sont les traits d'union entre les *Knights*, tête occulte de l'organisation, et les *Patriots*. Ceux-ci ne se doutent absolument pas de l'existence de ceux-là. Au nombre de huit cents environ, les *Patriots* se répartissent en seize sections – huit à Toronto, quatre à Hamilton, trois à London et une dans l'Outaouais – et constituent en quelque sorte la pépinière des *Knights*. Dès que le conseil suprême des *Knights* a décidé d'une tâche à exécuter, il choisit parmi les *Patriots* celui qui paraît le plus apte à l'accomplir. Le Grand Chevalier joue alors un rôle capital : si le projet – assassinat, attentat ou autre crime – doit être exécuté sur son territoire, il est le premier responsable de l'entreprise.

À l'origine, dans les années quatre-vingt-dix, les *Knights* et les *Patriots* n'avaient rien de politique. Les *Knights* s'appelaient alors les *Jewels* et les *Patriots*, les *Dark Angels*, et leur unique intérêt était la drogue. Les *Jewels* étaient en quelque sorte les grands frères, les protecteurs des *Angels*.

Mais étant donné l'aggravation des relations Canada-Québec, les *Jewels*, très riches et soucieux de protéger leurs intérêts – peut-être aussi un peu las de leurs activités criminelles habituelles –, se trouvèrent un beau matin une vocation politique. L'idée ne venait évidemment pas du cerveau un peu brûlé du Grand Chevalier Baker, elle venait de ses deux conseillers, Boroff et Barrett, plus politisés que les autres et immensément riches. Au moins jusqu'à ce que le pays se remette de la crise, on mettrait l'organisation au service de la cause fédérale.

Tout un défi ! On ne recruterait désormais que des motards ayant fait la preuve de leur racisme. Les effectifs en place généralement peu politisés subiraient un vigoureux lavage de cerveau pour aviver chez eux leur haine du Québec. Le bon *Canadian Patriot* travaillerait pour un Canada uni, exigerait du gouvernement central qu'il ferme à jamais les portes du Canada au Québec. Jamais il ne pardonnerait à celui-ci d'avoir si longtemps semé la discorde au sein de la Confédération. Toujours il honnirait le français, se battrait pour que l'anglais soit la seule et unique langue parlée au Canada.

Outre la veste sertie de petites feuilles d'érable chromées, arborant au dos l'unifolié canadien avec le nom *Canadian Patriot* brodé en rouge et or, ainsi que le pantalon de cuir noir ouvert sous le ventre, l'uniforme du nouveau *Patriot* comprendrait désormais la casquette SS, la chaîne à la taille et les bottes de cowboy. Les meilleurs *Patriots* graviraient plus rapidement les échelons et leurs dossiers seraient remis au Grand Chevalier. Celui-ci les soumettrait au conseil suprême et les plus méritants feraient partie d'une garde d'élite, un réservoir dans lequel le Grand Maître pourrait puiser pour l'exécution de tâches particulières.

Le rendez-vous 143

– Chers amis, commença le Grand Maître Baker, j'ai le plaisir de vous annoncer officiellement que l'opération PQ-13, sous la direction du Grand Chevalier Crosati et avec la précieuse assistance du conseiller Boroff, a été un succès complet : l'hôtel du Parlement de Québec a sauté ce matin un peu après six heures (applaudissements). Le frère Don Dubois, selon nos instructions, s'est arrangé pour subir des blessures légères afin d'écarter tout soupçon contre lui. Il a pu quitter l'hôpital vers neuf heures après avoir fait panser ses blessures et répondu aux questions de la police. Il a téléphoné vers dix heures au Grand Chevalier Crosati, qui lui a demandé d'être ici à vingt et une heures précises. Il devrait donc arriver d'une minute à l'autre.

Le secrétaire général avait placé un grand verre d'eau devant chaque participant. Le Grand Maître s'arrêta un moment pour en prendre une gorgée.

– Messieurs, enchaîna-t-il, même s'il y a lieu de croire que le frère Dubois a bien accompli son travail, qu'il n'a éveillé aucun soupçon, je crois quand même qu'il vaudrait mieux appliquer comme de coutume l'article 22 de notre code. Vous êtes tous d'accord ?

Réaction unanime : « D'accord ! D'accord ! »

– La police le recherchera sans doute activement pour l'interroger de nouveau, explique Crosati. Mieux vaut donc ne prendre aucun risque.

– En attendant l'arrivée du frère Dubois, poursuit le Grand Maître, j'ai une surprise pour vous. Il y a en haut, dans mon bureau, un homme qui meurt d'impatience de vous rencontrer. Si vous voulez bien attendre un instant, je vais aller le chercher.

Le Grand Maître prit l'escalier conduisant au salon et en redescendit deux minutes plus tard suivi d'un homme portant tunique et cagoule blanches.

— J'ai le plaisir et l'honneur de vous présenter le grand chef du nouveau Ku Klux Klan des États-Unis, Monsieur Paul Griner.

Il le fit asseoir à sa gauche et, quand les membres du conseil eurent fini d'applaudir, l'invita à prendre la parole. Celui-ci retira sa cagoule pour faire voir son visage de vieillard : des traits durs que la lueur des bougies rendait presque inhumains, une peau profondément ridée par l'âge et le soleil, deux petits yeux brillants comme le feu des bougies et un long nez légèrement recourbé. Son costume différait quelque peu de celui des anciens KKK. Sur la partie supérieure du capuchon, en plein centre, la lettre « W » en noir, et sur l'avant de la tunique, une grande lettre « A », en noir également.

— Je tiens d'abord, commença-t-il, à remercier votre Grand Maître de m'avoir invité. Nous étions deux bons amis dans le temps, à Atlanta. Que de croix nous avons brûlées ensemble ! Combien de maisons nous avons saccagées ! Combien de sales nègres nous avons estropiés ! Je ne tenais pas de statistiques à ce moment-là, mais, croyez-moi, c'était dans les trois chiffres (rires et applaudissements)...

— Malheureusement, continua-t-il avec le même accent sudiste que son ami Baker, le KKK n'a jamais eu autant de succès au Canada qu'aux État-Unis. Comme vous le savez sans doute si vous connaissez un peu l'histoire du mouvement[17], les premières tentatives d'implantation eurent lieu à Montréal dans les années vingt. Elles donnèrent peu de résultats. Les catholiques

---

17. Sher, Julian, *White Hoods, Canada's Ku Klux Klan*.

étaient alors l'ennemi à abattre, mais ils constituaient une troupe trop nombreuse, trop puissante, trop bien organisée pour que nous puissions espérer percer au Québec. Il nous a donc fallu limiter notre action aux Noirs et aux juifs. Ce fut plus facile dans les provinces canadiennes où les catholiques étaient moins nombreux, en Ontario notamment, notre château fort, où nous avons énormément travaillé pour endiguer le flot de centaines de milliers d'immigrants qui arrivaient d'Europe et d'Asie...

Il faisait dans cette cave mal aérée une chaleur suffocante. Le chef Griner retroussa sa tunique et sortit de la poche arrière de son pantalon un grand mouchoir blanc avec lequel il s'épongea le front.

— Plus tard, au début des années quatre-vingt, reprit-il, nous avions des membres dans toutes les provinces sauf à l'Île-du-Prince-Édouard et recrutions dans de nombreuses écoles en Colombie-Britannique, en Alberta et dans le sud de l'Ontario. Notre message : restreindre l'immigration, n'admettre que des immigrants de race blanche, n'avoir qu'une langue. Si on nous avait écoutés, vous n'auriez pas tous ces problèmes que vous connaissez aujourd'hui.

Il regarda sa montre et enchaîna :

— Mais je ne veux pas trop prendre de votre temps. Je suis venu ici aujourd'hui pour vous informer d'abord que le KKK, comme tel, n'existe plus. Une nouvelle société secrète plus moderne, plus efficace, mieux adaptée aux besoins d'aujourd'hui, a pris sa place sous le nom de *White America*. Fini le temps où nous brûlions des croix. Aujourd'hui, avec les armes, les spécialistes et les mercenaires dont nous disposons, nous pouvons renverser des États. Poursuivez donc votre combat contre le Québec et le français. Combattez aussi l'immigration noire qui, si vous ne l'arrêtez pas, finira par vous engloutir comme elle l'a fait chez nous. Construisez un Canada fier, un Canada blanc, un Canada qui n'accepte qu'une langue, l'anglais. Et si vous avez besoin de nous, n'hésitez pas.

Griner avait à peine terminé qu'on entendit le doberman aboyer et quelqu'un frapper à la porte arrière. Le conseiller Boroff s'empressa d'aller ouvrir. C'était, comme on s'y attendait, le frère Don Dubois, le bras gauche dans une écharpe, un pansement sur le côté droit du front. Boroff le fit descendre et le présenta au Grand Maître, puis au chef Griner. Tous s'étaient levés en criant : « Hip hip hip ! hourra ! Hip hip hip ! hourra ! » Quand Boroff eut installé le héros au bout de la grande table, face au Grand Maître, celui-ci pria chacun de reprendre son siège.

Griner était déjà au courant de la funeste explosion du matin. Il en avait appris les grandes lignes l'après-midi en parcourant le *Globe & Mail* à bord de l'avion qui le conduisait à Ottawa et, plus tard, en écoutant la radio de sa voiture de location entre l'aéroport et la maison de Baker. Ce dernier lui avait ensuite raconté l'histoire de fil en aiguille.

Il savait par exemple que les *Knights*, rêvant d'accomplir un coup d'éclat, caressaient depuis belle lurette l'audacieux dessein de faire sauter l'hôtel du Parlement de Québec. Cependant, comme les mesures de sécurité autour et à l'intérieur de l'édifice avaient été considérablement renforcées, le conseil avait tardé à trouver la façon de s'y prendre. On avait d'abord pensé confier la mission à un *Patriot* qui se serait joint à un groupe de visiteurs pour laisser discrètement une bombe à retardement dans une salle de toilette. Or, les services de sécurité avaient supprimé toutes les visites. On avait songé à désigner un *Patriot* qui se serait fait passer pour un messager ou un employé venu effectuer une réparation, mais toute personne entrant dans l'immeuble était méticuleusement fouillée, passée au détecteur de métal, interrogée et escortée. Non, avait-on conclu, le projet ne pouvait être exécuté que de l'intérieur. Ça ne pouvait être qu'un *inside job*.

C'est finalement le hasard qui devait dicter la stratégie.

En 2010, le policier Donald Dubois comptait une vingtaine d'années de service à la Sûreté du Québec, toujours dans des détachements de la région de la capitale provinciale, d'abord comme spécialiste dans le maniement des explosifs, ensuite comme enquêteur. Un policier modèle, absolument sans reproche. Après le vote de l'Assemblée nationale, la SQ ayant entrepris une radicale transformation allant jusqu'à changer son nom en «Sûreté nationale du Québec», on voulut transférer Dubois à Hull et lui confier l'enquête sur une délicate affaire de corruption. Il commença par refuser puis, devant toutes les promesses qu'on fit miroiter à ses yeux, il accepta finalement. Une de ces promesses : il pourrait se retirer avec pleine pension le 31 décembre 2011 et, comme il serait encore bien jeune, revenir à Québec pour occuper un poste bien rémunéré dans l'un des services de sécurité de la fonction publique, y compris à l'hôtel du Parlement si tel était son choix.

Son enquête à Hull l'avait mené à Herman Boroff, un homme non seulement très riche mais charmant et perspicace, qui n'avait pas tardé à découvrir chez ce policier supposément irréprochable deux points faibles :

les femmes et l'argent. Très actif dans le jeu et la prostitution, Boroff avait commencé par lui fournir des filles – des douzaines de filles toutes plus jolies les unes que les autres –, puis à lui accorder des prêts sans intérêts pour lui permettre d'assouvir sa passion du jeu. Une fois couvert de dettes et envoûté par ces femmes superbes, Dubois n'avait pu refuser quand Boroff l'avait invité à travailler pour lui. Chaque fois que le policier le préviendrait d'une descente dans un de ses établissements, Boroff lui verserait deux mille dollars.

Or l'heure de la retraite à la Sûreté allait bientôt sonner. Quand Dubois informa Boroff au hasard d'une conversation qu'un poste d'officier de sécurité lui avait déjà été offert, une lumière s'alluma aussitôt sous le crâne dégarni du conseiller des *Knights*.

– Que dirais-tu si je t'offrais non pas deux mille, non pas cinq mille, mais bien deux cent mille dollars, et en boni toutes les filles que tu veux ?

– Vous me faites marcher ! répondit Dubois.

– Pas du tout. Je n'ai jamais été aussi sérieux. Téléphone-moi mardi soir après dix heures à mon numéro privé. Je pourrai t'en dire plus long. En attendant, ta gueule ! Pas un mot à personne.

Pour les *Knights*, Dubois n'était rien de moins qu'un cadeau tombé du ciel. Spécialisé dans le maniement des explosifs, déjà gravement compromis par sa complicité dans les affaires de Boroff, assuré d'un poste dans n'importe quel édifice public de Québec, célibataire sans parents connus, donc facile à éliminer au besoin, Dubois était le candidat absolument parfait pour l'opération PQ-13.

Dès le lendemain matin, Boroff fit donc part de son idée au Grand Maître qui convoqua pour le soir même son conseil au complet, moins les trois Grands Chevaliers de la région de Toronto, et le plan fut approuvé sur-le-champ. Le mardi, quand Dubois téléphona à Boroff, celui-ci lui donna rendez-vous à minuit exactement à son bureau de Hull, au-dessus d'un club de danseuses. La proposition était la suivante :

Dès sa retraite, le policier quitterait Hull pour élire domicile à Québec, le plus près possible du centre-ville, et s'arrangerait pour obtenir un poste à l'hôtel du Parlement, prétextant la proximité de son lieu de domicile. Bien au fait des plus récents progrès en matière d'explosifs, il fabriquerait une de ces nouvelles bombes minuscules mais très puissantes, qu'il cacherait soigneusement, le moment venu, quelque part dans le vaste édifice. En explosant, l'engin provoquerait un violent incendie. Lui-même subirait des blessures qui feraient croire à son innocence. Par la suite, dès qu'il le pourrait, il téléphonerait d'une cabine téléphonique à un certain Peter à son numéro confidentiel pour recevoir ses instructions. En retour, Dubois toucherait dix mille dollars en acompte au moment de son engagement et le reste dès la mission accomplie, plus un billet d'avion pour le Brésil et tous les papiers nécessaires pour lui permettre d'assumer là-bas une nouvelle identité. Il partirait, à son choix, seul ou avec sa copine préférée, la belle Rosita, danseuse d'origine brésilienne, qui pourrait le guider là-bas et lui apprendre la langue. Enfin, Boroff lui remettrait une lettre de recommandation signée de sa main qui lui ouvrirait toutes grandes les portes de la mafia brésilienne.

– Frère Dubois, dit le Grand Maître, nous vous félicitons. Vous avez accompli votre tâche à la perfection.

L'heure est au champagne et je demande au secrétaire général de préparer les verres. Mais avant de trinquer à votre succès, nous aimerions vous entendre. Je suis sûr que tous les frères ici présents meurent d'envie de savoir comment tout cela s'est passé.

Quand Dubois ouvrit la bouche, pas un mot ne sortit. Sa gorge était sèche comme un désert, serrée comme un tuyau dans la gueule d'un étau. À l'exception de Boroff, il ne connaissait personne autour de la table, pas même Crosati à qui il avait parlé le matin. Il n'aurait même pas reconnu Boroff dans cette lugubre pénombre si celui-ci ne s'était porté à sa rencontre. Il voulut saisir le verre d'eau devant lui, mais sa main tremblait tant qu'il n'y parvint pas. Qui étaient tous ces gens ? On ne lui avait pas dit que tant de personnes étaient dans le coup.

C'est Boroff qui finalement rompit le silence :

– Voyons, Dubois, ne fais pas cette tête-là. Nous comprenons que tu viens de passer des heures éprouvantes. Mais tu es ici parmi des amis, rien que des amis. Vas-y, dis-nous comment ça s'est passé.

Dubois parvint à saisir le verre d'eau et en avala la moitié d'un trait.

– Eh bien, commença-t-il, ça s'est passé en tous points conformément au plan. J'étais devenu l'ami de tout le monde. Des ministres m'appelaient par mon prénom. D'après le règlement, même le personnel devait être fouillé à son arrivée, mais ça ne se faisait à peu près jamais, surtout pas les fins de semaine. Samedi soir, j'ai pu entrer avec la bombe et la cacher derrière un meuble, la minuterie réglée pour six heures trente. Personne ne m'a vu la placer ; tous les camarades dormaient ou lisaient et toutes les femmes de ménage étaient dans les bureaux. Quand elle a éclaté, j'étais assez loin pour ne pas être trop blessé. J'ai vu un mur s'abattre sur des camarades et des femmes de ménage ; j'espère que je finirai par oublier cette scène. Je suis tombé à la renverse et me suis blessé au bras et au front. Rien de grave.

– La police vous a interrogé longtemps ? demanda le Grand Maître.

– Non, pas très longtemps.

– Qu'est-ce que vous avez dit au juste aux policiers ?

– Le moins possible. Je connaissais d'ailleurs deux ou trois d'entre eux. Je leur ai dit que j'avais vu des confrères et des femmes de ménage disparaître sous les décombres, que c'était terrible, que moi-même j'avais été projeté par l'explosion, que je m'étais blessé mais que j'avais réussi à sortir. Comme ils me voyaient souffrant, ils n'ont pas trop insisté. Ils m'ont quand même demandé de ne pas quitter la ville parce qu'ils auraient probablement d'autres questions à me poser.

– C'est tout ?

– Oui. Je suis effectivement sorti de l'édifice par derrière et j'ai attendu l'arrivée des pompiers. J'avais une profonde coupure au front et mon bras gauche me faisait terriblement mal. Une ambulance m'a finalement transporté à l'hôpital où l'on m'a bandé le front. C'est là que les policiers m'ont interrogé. On a ensuite mis mon bras dans une écharpe après avoir pris des radiographies. Vers neuf heures, j'obtenais mon congé et je téléphonais au numéro que Monsieur Boroff m'avait donné. En fin d'après-midi, je prenais la route. Et me voilà...

Après un moment de silence, Dubois poursuivit :

— Je suppose qu'il ne me reste plus qu'à recevoir le reste de l'argent, le billet d'avion et les papiers. Je vous avoue que je ne serai pas fâché de partir. On me cherche peut-être déjà.

— En effet, il ne faudrait pas trop tarder, approuva le Grand Maître. Tout est dans cette mallette que je vais vous remettre. Mais avant, il faut que nous trinquions.

Le secrétaire général avait ouvert les bouteilles de blanc mousseux et rempli onze coupes. Il plaça celles-ci sur un plateau et entreprit la distribution en commençant par le héros du jour qui, depuis un moment, n'avait qu'une chose en tête : la mallette brune que le Grand Maître venait de lui montrer. Quand le secrétaire eut fini de servir, le Grand Maître invita l'assemblée à porter un toast.

— Levons nos verres, dit-il, à la santé et à la prospérité de notre héros.

Dubois parvint à esquisser un sourire et regarda ses compagnons porter leur verre à leurs lèvres. Assoiffé tant par la fatigue du voyage que par la chaleur accablante de la pièce, Dubois saisit sa coupe et, d'un seul trait, la vida.

Aussitôt, sa bouche, sa gorge, sa poitrine s'enflammèrent. Étouffé, pris d'une forte convulsion, il porta la main droite à sa gorge en hurlant. Il sortit la langue, ses yeux se gonflèrent comme de grosses cerises rouges et tournèrent sur eux-mêmes. Il poussa un dernier cri de douleur et s'écrasa sur le plancher, raide mort. Le secrétaire avait quelque peu exagéré la dose...

Ce soir-là, dans un grand trou que Baker avait lui-même creusé dans l'après-midi à l'aide d'une pelle mécanique tout au fond de la cour, Crosati et Mortimer jetaient le corps encore chaud du frère Dubois, tout recroquevillé dans un sac à ordures à double épaisseur, et le couvraient de quelques pelletées de terre. Tôt le lendemain, à l'aide d'un bouteur, Baker finissait de remplir le trou. Ni vu ni connu.

15. LE CUL-DE-JATTE

*J*our 2.

Une fourgonnette grise, brillante comme un miroir au soleil, s'arrête devant l'édifice central du Parlement d'Ottawa. Le chauffeur, un homme dans la jeune quarantaine, bien planté, très élégant dans sa veste et sa culotte ajustées, sa casquette et ses bottes de cuir, en descend et fait glisser une large porte. À l'intérieur apparaît un vieillard en fauteuil roulant, flanqué d'un berger allemand. L'homme est cul-de-jatte.

Malgré son âge avancé et l'infirmité qui l'afflige, Me François Lemieux, ex-ministre devenu vedette de la télévision, a fort belle allure : veste marine sur chemise blanche à pois bleus, œillet rose à la boutonnière et, sous une moustache en croc et une barbiche parfaitement taillées, un nœud papillon du même rouge vin que les bons bordeaux dont il est grand amateur. Ses yeux pétillants, un peu moqueurs, à demi fermés derrière de petites lunettes rondes à monture métallique, son teint rougeaud, ses gestes énergiques, tout enfin témoigne contre le fait pourtant irréfutable qu'il a franchi depuis quelque temps déjà le cap des quatre-vingts ans.

Son fauteuil motorisé est solidement fixé à une plate-forme. Quand son chauffeur Jacques Ouellette appuie sur un bouton, celle-ci s'avance horizontalement puis descend lentement jusqu'à la chaussée. D'un bond, le chien retrouve son maître et se colle à sa droite. Ouellette dégage le fauteuil, ferme la porte coulissante et remet les clés du véhicule à l'agent de sécurité venu à sa rencontre. Pendant que la fourgonnette prend la direction du stationnement, M° Lemieux s'engage dans l'entrée destinée aux handicapés.

Le vieil infirme est aussi connu au Parlement d'Ottawa que le Premier ministre lui-même. Successivement ministre fédéral de la Justice, des Affaires sociales et des Finances après avoir brièvement fait partie du gouvernement du Parti libéral du Québec, il anime depuis quatre ans, en anglais, le *talk-show* le plus controversé et l'un des plus populaires de la télévision canadienne, une émission d'une heure pendant laquelle il s'entretient avec un invité – généralement une personnalité qui a des vues diamétralement opposées aux siennes – puis reçoit les appels des téléspectateurs.

Ayant salué à peu près tout le monde sur son passage et dit un bon mot à une douzaine de personnes qu'il connaît par leur prénom, M° Lemieux, son chien Prince à sa droite, son fidèle chauffeur et garde du corps à sa gauche, prennent l'ascenseur et montent à l'étage où le Premier ministre a son bureau principal. Tandis que Ouellette prend place dans l'antichambre, sa casquette sur ses genoux et Prince docilement assis à ses pieds, un jeune secrétaire en costume gris, chaussures bien cirées, ouvre prestement la lourde porte de chêne donnant sur le cabinet particulier du Premier ministre du Canada et chef du *Canadian Unity Party*, le très honorable James Barry O'Brien.

— *Frank, my dear friend, thank you for coming!* s'exclame le Premier ministre en se levant d'un bond pour aller vers l'avocat et lui serrer la main.

Originaire de l'Alberta, l'homme ne dit pas un mot de français. Trapu, la tête déjà grise, avec un très gros nez surmonté de fines lunettes en demi-lune, il fait beaucoup plus que ses cinquante ans. Il a dénoué sa large cravate verte, couleur du pays de ses ancêtres, ouvert le col de sa chemise et relâché la ceinture de son pantalon. Son complet gris tout froissé, son regard inquiet, ses mains moites et les gouttes de sueur qui perlent à ses tempes ne laissent aucun doute sur son désarroi. C'est à peine s'il parvient à esquisser un sourire quand l'infirme lui lance tout de go, en anglais naturellement :

— Vous avez eu de la chance de me trouver à la maison, Monsieur le Premier ministre. Je revenais tout juste de mon jogging...

Le vieux juriste aime bien blaguer sur son infirmité. Alors qu'il était ministre des Finances, la tradition voulant que le titulaire de ce ministère chausse des souliers neufs pour la présentation de son budget annuel, il avait commencé un discours en suggérant que, par mesure d'économie, ses successeurs soient tous des culs-de-jatte comme lui. Une autre fois, il avait suggéré au chef de l'Opposition de se faire cul-de-jatte « pour ne pas toujours avoir les deux pieds dans la même bottine ».

Connu dans sa jeunesse sous le nom de François LeBel, il avait abandonné le nom de son beau-père et pris celui de son père dès son arrivée à Québec pour y étudier le droit. Devenu avocat, il avait ouvert un bureau sur la Grande Allée où, par son labeur et son intelligence, il s'était peu à peu bâti une importante clientèle puis, quelques années après, avait épousé la fille d'un industriel de Québec, Rose Leduc, qui lui avait donné un fils et deux filles.

En 1970, invité par le Parti libéral de Robert Bourassa à se présenter aux élections québécoises, François Lemieux est élu à une majorité écrasante et aussitôt nommé ministre de la Justice. En 1976, déçu de la politique en général et de son chef en particulier – trop de louvoiement, trop de tergiversation –, il décide de ne pas se représenter. Bien qu'il admire beaucoup René Lévesque, fondateur et chef du Parti québécois, il n'est pas convaincu de la nécessité d'un Québec souverain.

De retour à la pratique privée, il est lui-même étonné de voir à quel point son séjour en politique l'a fait connaître; sa notoriété dépasse largement les frontières du Québec. Il participe à de fréquentes conférences nationales et internationales et siège à de multiples conseils d'administration. Mais à l'été de 1980, au lendemain de son cinquante-quatrième anniversaire de naissance, un tragique accident vient interrompre sa carrière. Pilotant son propre hydravion, il était parti en excursion de pêche avec un ami quand, après quelques ratés du moteur, l'appareil s'était mis à perdre de l'altitude au nord de Sept-Îles, au-dessus d'une vaste forêt d'épinettes, pour finalement s'écraser au bord d'un lac. Son compagnon, éjecté de l'appareil au moment de l'impact, s'en était miraculeusement tiré sans blessures graves, mais lui était resté coincé dans les débris, incapable de bouger, ses deux jambes broyées par le moteur. Heureusement, au moment où l'appareil avait commencé à perdre de l'altitude, il avait pu communiquer avec la tour de contrôle de Sept-Îles et signaler sa position exacte. Comme les débris étaient facilement visibles du haut des airs, les secours n'avaient pas tardé. Mais les médecins avaient dû lui amputer les deux jambes au-dessus des genoux.

À sa sortie de l'hôpital, l'avocat jusque là si actif, maintenant condamné à un fauteuil roulant pour le reste de ses jours, avait connu une si forte dépression qu'il avait plus d'une fois songé à s'enlever la vie. Grâce à sa femme et à ses trois enfants, grâce aussi à sa légion d'amis qui n'avaient pas cessé de l'encourager, il en était finalement sorti plus fort que jamais, tellement que, au bout d'un an, il commençait à rire de son malheur : « De toute façon, mes jambes me démangeaient tout le temps. Aujourd'hui, rien ne me démange et rien ne me dérange. Mes affaires marchent bien et plus personne ne me marche sur les pieds... » Ou bien il prenait place dans son fauteuil en entonnant tantôt une marche militaire, tantôt l'hymne traditionnel des Ligues du Sacré-Cœur de sa jeunesse : « En avant marchons, en avant marchons, soldats du Christ, tu nous regardes... »

En 1982, François Lemieux avait donc repris le collier avec la même énergie, le même acharnement, le même succès qu'avant son tragique accident. Au point qu'en 1984 les conservateurs fédéraux de Brian Mulroney l'avaient invité à se présenter aux élections générales. Élu aussi facilement que le parti auquel il venait d'adhérer, il avait à nouveau été nommé ministre de la Justice, cumulant cette fonction avec la responsabilité des relations Canada-Québec.

Le nouveau ministre était d'autant plus heureux de se joindre aux conservateurs d'Ottawa que, en profond désaccord avec la politique éminemment centralisatrice de l'ancien Premier ministre Pierre Elliott Trudeau, il rêvait depuis longtemps de pouvoir travailler au sein d'un gouvernement qui s'emploierait à réparer le tort immense que ce « fossoyeur du Québec », comme il disait, avait causé aux citoyens de sa propre province. Déçu, donc, de Robert Bourassa avec qui il avait travaillé pendant cinq ans, désespérant de voir un jour le Parti libéral du Québec tenir tête à son grand frère d'Ottawa et ne pouvant toujours pas souscrire aux desseins sécessionnistes du Parti québécois, François Lemieux avait jugé – il devait plus tard s'en mordre les pouces – qu'aucun parti ne pourrait mieux défendre les intérêts du Québec et du Canada français que le Parti conservateur de Brian Mulroney.

Bien que réfractaire à l'idée d'un Québec souverain séparé du Canada, François Lemieux avait toujours voulu pour le Québec un statut de société distincte et, pour toutes les provinces qui le souhaiteraient, une large part d'autonomie, dans l'esprit de la constitution de 1867. Il était de ceux qui s'étaient opposés avec la dernière énergie au rapatriement unilatéral de la constitution de Londres en 1982 et à la nouvelle charte des droits de Pierre Trudeau qui limitait la capacité du Québec de légiférer en matière de langue. Il était de ceux qui avaient cru en Brian Mulroney quand celui-ci, élu Premier ministre du Canada en 1984, avait promis au Québec qu'il pourrait reprendre place dans la constitution canadienne « dans l'honneur et l'enthousiasme ». Il était de ceux qui avaient applaudi René Lévesque peu de temps après, quand ce dernier, fort de l'engagement du nouveau Premier ministre canadien, avait pris le virage du « beau risque ». Comme il était de ceux qui, en novembre 1987, étaient allés pleurer sur la tombe du fondateur du Parti québécois.

François Lemieux avait travaillé avec l'énergie du désespoir pour que les Premiers ministres des dix provinces, réunis au lac Meech, s'entendent enfin pour permettre au Québec de signer la constitution canadienne. Pour lui, les conditions posées par le Québec étaient on ne peut plus normales : reconnaissance de la société distincte, droit de veto, représentation à la Cour suprême, droit de retrait des futurs programmes fédéraux, pouvoir partagé avec Ottawa en matière d'immigration.

En 1990, quand l'accord de principe de 1987, conspué par l'ensemble du Canada anglais, avorta finalement, François Lemieux fut fortement tenté comme bien d'autres de quitter le parti. Il y demeura néanmoins pour continuer la lutte aux éléments anti-Québec tant à l'intérieur de son propre parti qu'à l'extérieur et pour participer aux nouvelles négociations avec le Québec. En 1992, lorsque les Canadiens rejetèrent par voie de référendum une seconde entente, conclue celle-là à Charlottetown, François Lemieux, désespérant de voir un jour le problème constitutionnel canadien se régler, présenta à son chef sa démission pour retourner à la pratique du droit et s'acheminer tranquillement vers une retraite bien méritée. Il avait alors soixante-six ans.

Toutefois, s'il avait quitté la politique, la politique, elle, ne l'avait pas quitté. Dans toutes les années qui suivirent il ne se passa pas un mois sans qu'un ministre à Ottawa ou à Québec, quand ce n'était pas le Premier ministre lui-même, ne vienne solliciter ses conseils ou le prier d'arbitrer un litige. Aussi, quand une importante station de télévision d'Ottawa lui offrit une émission hebdomadaire lui assurant virtuellement pleine liberté, le vieux routier de la politique se vit-il incapable de refuser. Toujours pétant de santé, doué de la même mémoire prodigieuse, de la même verve intarissable, du même humour mordant, il était parvenu à faire de son *talk-show* l'une des émissions les plus populaires de la télévision, émission qui, bien que présentée en anglais seulement et destinée surtout aux Anglo-Canadiens, comptait chaque semaine un auditoire francophone nombreux.

– Excusez-moi, Frank, de vous avoir appelé ainsi à la dernière minute et merci d'être venu si rapidement, dit le Premier ministre en lui serrant la main.

Le cul-de-jatte aurait voulu répondre : « J'ai couru à toutes jambes. » Ou bien : « J'ai dû prendre mes jambes à mon cou pour être ici à temps. » Cela aurait peut-être quelque peu déridé le pauvre homme, tendu comme une corde de violon. Hélas, l'Albertain ayant une connaissance à peu près nulle du français, il n'aurait rien compris.

Alors que le carillon de l'édifice central du Parlement sonnait ses douze coups, le Premier ministre, comme s'il n'en croyait pas ses oreilles, regarda sa montre :

– Mon Dieu ! s'exclama-t-il, déjà midi. Je n'ai pas vu la matinée passer. Et c'est comme ça tous les jours, Frank, croyez-le ou non. Il me faudrait des journées de quarante-huit heures. Au fait, que diriez-vous si nous lunchions ici plutôt qu'à la salle à manger ? Non seulement ça me ferait gagner du temps, mais nous serions plus à l'aise pour causer.

– Excellente idée, répondit Mᵉ Lemieux. Laissez-moi seulement en informer mon chauffeur pour qu'il aille lui aussi casser la croûte.

– Donnons-nous deux heures, d'accord ? Vous connaissant, je suis sûr que ce ne sera pas trop...

Le bureau était immense et très richement décoré. Devant les trois grandes fenêtres donnant sur la rivière des Outaouais et la ville de Hull se trouvait la table de travail du Premier ministre, dont on ne voyait plus que les pattes tant elle était chargée de dossiers. À gauche, une longue table de conférence en noyer entourée de vingt fauteuils du même bois, sièges et dossiers rembourrés et recouverts de feutre rouge, et entre les fenêtres, couvrant le mur du plancher au plafond, des centaines de volumes dans des reliures de grand luxe. À droite, devant un petit foyer et un bar bien garni, pendait au plafond un lustre de cristal au-dessus d'une table ronde, en noyer également, entourée de six magnifiques fauteuils bleu royal. C'est là que le chef du gouvernement se faisait servir ses repas quand son horaire l'empêchait de se rendre à la salle à manger des ministres ou à l'un de ses clubs privés, ou quand des entretiens exigeaient la discrétion la plus absolue.

Il sonna son secrétaire :

– Peter, dit-il, nous allons manger ici. Je ne prendrai aucun appel avant deux heures et j'apprécierais que tu m'apportes le menu.

Le jeune secrétaire se retira pour revenir quelques secondes plus tard avec le menu du jour que le Premier ministre saisit et présenta aussitôt à Mᵉ Lemieux, presque sans l'avoir regardé.

– Puis-je savoir ce que vous prenez ? demanda le vieil avocat.

— Je mange toujours très légèrement à midi, répondit le Premier ministre. Je prendrai l'avocat, un potage et la salade de fruits de mer.

L'Albertain ayant employé le mot anglais *avocado*, Mᵉ Lemieux, toujours à l'affût du calembour, l'informa qu'en français le mot équivalent avait deux sens : fruit de l'avocatier et membre du barreau, et que l'un était souvent aussi « dur » que l'autre.

— J'espère que vous ne trouverez pas vos deux avocats d'aujourd'hui trop indigestes, lança Mᵉ Lemieux.

— On verra bien, Frank, on verra bien, répondit le Premier ministre en esquissant à peine un sourire. Mais sentez-vous bien à l'aise de commander ce qui vous plaira. Si vous me permettez une suggestion, le filet mignon est toujours très tendre...

— Je prendrai comme vous, dit Mᵉ Lemieux. Moi aussi je mange légèrement le midi.

— Avec un whisky pour ouvrir l'appétit ?

— Je préférerais un porto si vous en avez.

— Et pour accompagner le repas, un blanc ou un rouge ?

— J'adore le rouge au souper, mais comme il est un peu tôt dans la journée un bon rosé ferait peut-être mieux l'affaire. Si votre cave cachait un Côte du Roussillon par exemple, ou un Domaine de la Tour du Bon, ce serait vraiment épatant.

— Alors, Peter, tu prends le Chivas et le Taylor Fladgate là, dans mon bar, tu nous en sers un verre et tu laisses les bouteilles sur la table, tu nous choisis un bon rosé à la cave et, surtout, tu t'assures que les avocats sont bien mûrs.

James Barry O'Brien était lui aussi avocat. Considéré parmi les plus brillants plaideurs du Canada anglais, il s'était lancé en politique vers la fin des années quatre-vingt-dix à l'invitation de Preston Manning, alors chef du Parti réformiste. Hélas, il avait su moins bien que Monsieur Manning résister aux extrémistes.

— Vous savez pourquoi je vous ai fait venir ? demanda Monsieur O'Brien.

— Pour me dire que vous avez demandé qu'on supprime mon émission, de répondre tout de go l'infirme, son habituel sourire malicieux au coin des lèvres.

— Non, répondit son hôte, bien que, pour être franc, je doive vous avouer que j'en ai eu plus d'une fois la tentation.

— Alors, c'est pour me parler de la terrible affaire de Québec.

— Terrible n'est pas le mot, Frank. C'est épouvantable. Je n'aurais jamais pensé voir de mon vivant un crime aussi horrible, aussi odieux.

— Un crime qui pourrait en amener d'autres malheureusement.

— Je le crains comme vous. Nous avons siégé une partie de la nuit, mes ministres et moi. J'ai parlé à la télévision pour exprimer ma sympathie au gouvernement du Québec et aux Québécois. Je dois m'adresser ce soir à l'ensemble des Canadiens.

L'homme avait les yeux rougis, les traits tirés. Quand il prit son verre de whisky pour trinquer avec son visiteur, sa main tremblait.

— Le Premier ministre du Québec m'a appelé hier et de nouveau ce matin, reprit-il. Nous avons convenu d'une rencontre à mon bureau à dix heures demain matin. Il est atterré.

— On le serait à moins.

— Il veut me voir pour parler de nouvelles mesures de sécurité.

— Ça me paraît s'imposer.

— Mais nous avons déjà fait beaucoup, vous le savez. Nous avons même une brigade antiterroriste commune...

— En effet. Et vous savez comme moi ce qu'elle a donné jusqu'à maintenant : pas grand-chose...

— J'en conviens.

— À mon humble avis, Monsieur le Premier ministre, si vous voulez vraiment mettre fin au terrorisme, vous allez devoir prendre les grands moyens. Je me souviens d'un gouvernement qui a décrété la loi des mesures de guerre pour bien moins que ça.

— Sans doute. Mais vous n'avez pas oublié les abus que cette loi spéciale a entraînés. On a beau être apôtre de l'ordre, il ne faut pas céder à la panique. Je vais d'abord voir ce que Monsieur Richard a à me dire.

À ces mots, l'homme politique se leva, fit quelques pas vers la fenêtre et revint à son fauteuil.

— Mais ce n'est pas là, Frank, la raison pour laquelle je vous ai demandé de venir.

Il hésita un moment, prit son verre, le vida de moitié et reprit :

— J'aimerais que vous mettiez la pédale douce à vos émissions...

Le commentateur fit mine de ne pas avoir compris.

— Vous voulez dire ?

— Je souhaiterais plus de retenue de votre part. Vous provoquez constamment, vous jetez de l'huile sur le feu...

— Je dis ce que je pense et je m'attends à ce que mes auditeurs en fassent autant. Mon émission est un exutoire et je crois que c'est sain. Dois-je comprendre qu'on a supprimé la liberté de parole au Canada ? On a oublié de m'en informer !

— On ne l'a pas supprimée, Frank, et mon gouvernement n'a aucune intention de le faire. Mais vous savez comme moi à quel point les esprits sont échauffés. Vous voyez comme moi toutes ces bombes qui sautent, tous ces graffitis qui maculent nos édifices. Je vous demande seulement de faire plus attention, de m'aider à calmer les esprits.

— Eh bien ! En voilà une bonne ! Vous me demandez de calmer les esprits quand c'est vous-même qui avez poussé le Québec au pied du mur !

La remarque dépassait les bornes de la tolérance. Le Premier ministre sentit la moutarde lui monter au nez. Il avala sa salive, prit son verre, le vida d'une lampée, le remit brusquement sur la table, se leva, se rassit et, le volcan apaisé, dit d'une voix si calme que son visiteur eut du mal à cacher son étonnement :

— Frank, je ne pouvais pas, vous le savez bien, accepter les demandes du Québec. Il y a une limite aux pouvoirs qu'un gouvernement fédéral peut céder aux provinces sans s'autodétruire.

— Mais vous n'avez rien donné, rien du tout. Vous avez offert des choses, oui, mais en gardant toujours les cordons de la bourse bien serrés. Ne soyez pas étonné du vote de l'Assemblée nationale...

— Un vote illégal...

— Illégal selon la constitution peut-être, mais Ottawa a fait tant d'accrocs à cette constitution depuis tant d'années que, franchement, ça ne me scandalise pas tellement. Je retiens surtout que le projet de loi a rallié une majorité importante. Même des libéraux ont voté pour, c'est vous dire le ras-le-bol !

— Il aurait fallu un référendum.

— Ce que Québec a fait est tout aussi bien : il a décrété des élections. Si les Québécois désapprouvent le vote de l'Assemblée nationale, ils n'auront qu'à le dire lundi prochain.

— Mais il y avait une procédure à suivre. Le Québec s'est moqué de la Cour suprême...

— Parlons-en de cette Cour suprême ! Avec toutes les rognures qu'elle a faites à la loi 101 pour accommoder les anglophones du Québec !

— Attention, Frank ! Je sens de l'intolérance !

— Intolérance, dites-vous ? Bizarre ! Moi, c'est surtout en dehors du Québec que je perçois cette intolérance. Les anglophones ont toujours été très bien traités au Québec ; ils ont leurs écoles, leurs universités, leurs hôpitaux, leurs journaux, leur radio, leur télévision. Qu'est-ce que vous avez fait, vous, dans l'Ouest, pour protéger la minorité française ? Rien. Vous l'avez assimilée.

Guère habitué à se faire parler sur ce ton, le Premier ministre était cramoisi. Tout son sang semblait lui être monté au visage. Au moment où il allait passer à la contre-attaque, il entendit frapper à la porte et vit entrer un serveur tout de blanc vêtu, portant sur un grand plateau d'argent les deux avocats sur feuilles de laitue, une soupière bien pleine et un grand plat de salade de crevettes, pétoncles et olives farcies. Le jeune homme disposa le tout sur la table, déboucha un Château La Gordonne 2010 que Me Lemieux examina furtivement avec une évidente appréhension, puis demanda au Premier ministre s'il pouvait encore lui être utile.

— Non, merci garçon, dit-il sèchement. Vous pouvez disposer.

Quand le jeune homme fut parti, toute la colère que le chef de l'État canadien avait péniblement retenue explosa.

— Je n'ai pas de leçon à recevoir de vous, Frank, cria-t-il. Je suis le Premier ministre du Canada, pas un des cinglés qui vous téléphonent à vos émissions. J'aurais pu aller directement au président de la chaîne de télévision et demander votre congédiement. Je n'ai pas voulu faire du chichi. Mon mandat est de garder ce pays uni si possible, sinon de laisser partir le Québec pour rebâtir un Canada fort avec les neuf provinces qui resteront. Le Québec doit cesser de quémander des faveurs, des droits particuliers. La notion de « peuple fondateur » est dépassée, finie, c'est de l'histoire. Le pays est trop diversifié maintenant, l'apport des nouveaux Canadiens est trop important. Toutes les provinces aujourd'hui doivent êtres égales, traitées sur un même pied. Je n'ai aucune objection à ce que les Québécois continuent de parler français s'ils y tiennent tant ; je souhaiterais même que tous les Canadiens – moi le premier – puissent parler français, espagnol, allemand, même chinois tant qu'à y être. Mais je n'obligerai personne à parler français. À mon avis, le Canada devrait idéalement n'avoir qu'une langue officielle. Comme la France, comme l'Angleterre et tant d'autres pays. Et je n'accepterai jamais que le Québec ait un statut particulier. S'il refuse nos règles, qu'il parte. Qu'il s'occupe de ses affaires et nous, nous nous occuperons des nôtres. Mieux vaut, selon moi, le laisser s'en aller que d'affaiblir sans cesse le pouvoir central au point que le Canada devienne un État impuissant, fictif...

Ayant terminé son porto, Me Lemieux mangeait maintenant sans regarder son hôte, les yeux rivés à son assiette.

— Vous voulez donc briser le Canada. Vous n'avez aucune intention de faire au Québec une offre de dernière minute, dit-il tranquillement pendant que le Premier ministre, épuisé, reprenait péniblement son souffle.

— Pas la moindre intention.

— Vous ne négocierez plus ?

— Plus jamais.

— Pas même le partage de la dette ? demanda le vieillard, l'œil toujours rivé à son assiette.

— En tout cas, répondit le chef du gouvernement, nous ne lui ferons pas de faveurs.

— Vous allez laisser le Québec couper le Canada en deux ?

— S'il le faut, oui. Je suis d'accord pour une plus grande décentralisation administrative, la bureaucratie d'Ottawa est encore trop lourde. Mais jamais je n'accepterai un État québécois à l'intérieur de l'État canadien. Les provinces doivent demeurer des provinces et accepter que c'est Ottawa le *boss*. Autrement, il n'y a plus de Canada.

Le Premier ministre se décida de manger. Il déplia sa serviette et la plaça sur ses genoux, avala l'avocat dans son assiette – à défaut peut-être de pouvoir avaler l'autre qui le regardait d'un œil moqueur –, goûta à sa soupe, la trouva froide et se servit un peu de salade.

— De toute manière, poursuivit-il, on verra bien ce que les Québécois vont décider lundi. Je n'ai pas bronché depuis le vote de l'Assemblée nationale ; pour moi, c'est un vote illégal, ça ne compte pas, je n'ai pas à négocier quoi que ce soit. J'ai pleinement confiance que les libéraux vont l'emporter et qu'avec eux on pourra mieux s'entendre. Mais si Richard et sa clique restent au pouvoir, Frank, laissez-moi vous dire qu'ils vont frapper un mur.

— Vous allez vraiment refuser de négocier ?

— Je n'en ai pas le mandat. Je tiendrai peut-être des élections, peut-être un référendum national pour savoir ce que l'ensemble du Canada en pense. Je ne sais pas ce que je ferai. Mais je ne négocierai certainement pas avec ces gens-là sans mandat. L'avenir ne sera pas facile si Richard gagne, ni pour le Québec, ni pour le Canada. C'est déjà difficile. Mais la terre continuera de tourner et je pense que, finalement, le Canada s'en tirera pas mal mieux que le Québec. Il faut arrêter de parler de la souveraineté du Québec et nous concentrer sur notre souveraineté à nous.

Me Lemieux n'avait pas bougé depuis près d'une heure. Impatient, il actionna le démarreur de son fauteuil et fit lentement le tour de la pièce comme un autre se serait levé pour se dégourdir les jambes.

— Je ne prétends pas, Monsieur le Premier ministre, que le Québec se tirerait moins amoché que le Canada d'une rupture définitive. Tout peut arriver. On assistera sans doute au Québec à un exode plus ou moins grand d'anglophones et même de francophones, et à une fuite de capitaux. C'est déjà commencé. Peut-être aussi la violence va-t-elle s'aggraver. Peut-être allons-nous connaître d'autres tragédies comme celle de Québec. Qui sait ce qui peut arriver...

Le vieillard revint à la table, se décida enfin à goûter au rosé, le trouva doucereux, insignifiant, déposa son verre et reprit :

— Mais ce ne sera guère plus drôle au Canada, croyez-moi. Les investisseurs ont déjà commencé à se faire tirer l'oreille pour nous prêter, imaginez ce que ce sera si le Québec confirme lundi la scission. Et comment pensez-vous que l'Ontario va réagir ? Pensez-vous que l'Ontario va accepter encore bien longtemps de financer les provinces maritimes, dans la dèche depuis des décennies ? Et la Colombie-Britannique ? Pensez-vous qu'elle résistera encore bien longtemps à la tentation de passer du côté américain ? Vous qui êtes de l'Ouest, vous savez mieux que moi combien le mouvement séparatiste a pris de l'ampleur en Colombie-Britannique et même dans votre propre province. L'Ouest n'acceptera pas plus que l'Ontario de financer indéfiniment les provinces de l'Atlantique.

D'écarlate qu'elle était, la figure du Premier ministre était subitement devenue livide.

– Il y a des séparatistes dans l'Ouest, c'est vrai, mais pas de gouvernement séparatiste. Pas encore en tout cas. Le problème en ce moment, il est au Québec.

– Convenez tout de même que le *statu quo*, c'est le chaos. Quoi que vous pensiez, je ne suis ni péquiste ni séparatiste, je suis autonomiste. Je ne veux pas la séparation du Québec, je veux simplement plus d'autonomie interne pour les provinces. Refusez, Monsieur le Premier ministre, d'obéir à ces terroristes qui vous demandent de fermer à tout jamais la porte au Québec, offrez plus d'autonomie aux provinces, retirez-vous des domaines que vous ne devez pas obligatoirement occuper pour créer enfin une véritable confédération.

Toujours blême et transpirant à grosses gouttes, le Premier ministre prit la serviette de table dont il avait enfoui l'un des coins sous sa ceinture de pantalon et la porta à son front pour éponger les sueurs.

– Frank, dit-il, je ne veux plus discuter. Vous nous casser les oreilles avec cette chanson-là depuis des années à la télévision, je ne veux plus l'entendre. Je vous ai demandé de venir non pas pour que vous me répétiez votre refrain, mais pour vous prier de mettre la pédale douce, de cesser d'exacerber les esprits. J'aimerais vous entendre dénoncer dans votre prochaine émission les auteurs de l'attentat de Québec et montrer jusqu'où le radicalisme peut conduire. Et rappelez-vous que vous êtes ici au Canada, pas au Québec, et que vous vous adressez à une majorité de gens qui croient au Canada. Quand vous passez une heure entière à parler d'autonomie provinciale, à défendre le Québec comme s'il était sans péché, vous provoquez ceux qui croient dans un Canada fort et vous attisez les passions des extrémistes comme les auteurs de l'explosion d'hier. Je m'étonne parfois qu'on ne vous ait pas encore lynché...

– Ça vous plairait peut-être ?

– Ne soyez pas stupide, Frank. Je tiens seulement à vous mettre en garde contre les fous qui courent les rues.

– Bon, je prends bonne note, trancha sèchement le vieux. C'est tout ce que vous aviez à me dire ?

– Non, pas tout à fait. Je voulais vous parler aussi de ces graffitis qui maculent les édifices du gouvernement fédéral. Sauriez-vous ce que les lettres OJC pourraient vouloir dire ?

– Je n'en ai aucune idée.

– Vous êtes sûr ?

– Qu'est-ce qui vous fait penser que je pourrais le savoir ?

– Eh bien, c'est que, d'après nos services de renseignements, une société secrète canadienne-française portait ces initiales-là jusqu'au milieu des années soixante : l'Ordre de Jacques-Cartier...

Le vieillard pouffa de rire.

— Et vous pensez que l'Ordre de Jacques-Cartier pourrait être responsable de ces graffitis ?

— Pourquoi pas ?

— Mais l'Ordre de Jacques-Cartier est mort et enterré depuis longtemps.

— Qu'en savez-vous ?

— Il est mort avec l'arrivée de la Révolution tranquille au Québec au milieu des années soixante. Certains de ses membres ont été à l'origine de la fondation du Parti québécois.

— Vous paraissez pas mal bien renseigné.

— Bien sûr. C'était de mon temps.

— Mais qu'est-ce qui vous dit que cette société secrète n'aurait pas pu renaître ?

— J'en aurais entendu parler, croyez-moi. L'OJC que j'ai connu se battait avec des missels, des chapelets et des discours du chanoine Groulx. Les jeunes d'aujourd'hui n'ont jamais ouvert un missel, n'ont probablement jamais entendu parler du chanoine Groulx...

— C'était un curé, ce Groulx ? On me dit qu'il y avait là-dedans un tas de curés qui faisaient plus que lire leur bréviaire et déclamer des sermons. Une société secrète assez forte pour fonder un parti politique à Ottawa, le Bloc populaire, et organiser la campagne contre la conscription de 1941, n'est pas ce que j'appelle une œuvre paroissiale de bienfaisance ! Incidemment, Bloc populaire, Bloc québécois, deux noms qui se ressemblent pas mal, non ?

— Croyez-moi, Monsieur, l'Ordre de Jacques-Cartier, qu'on appelait aussi « la Patente », est bien mort et enterré. *Requiescat in pace.* Les lettres OJC que vous voyez sur vos édifices veulent dire tout autre chose.

Quoi ? Je l'ignore autant que vous. C'est à votre police de trouver la réponse.

Quand le vieillard prit finalement congé du Premier ministre, son chauffeur et son chien attendaient dans l'antichambre depuis une bonne demi-heure. Prince agita violemment la queue en apercevant son maître, s'approcha pour se faire flatter et prit docilement place à droite du fauteuil roulant.

16. LE PÈLERINAGE

LE carillon sonnait deux heures au moment où l'infirme, son chauffeur et Prince reprirent place dans la fourgonnette.

Celle-ci mit une bonne quinzaine de minutes à faire le tour de la place de la Confédération pour s'engager rue Sussex, la circulation sur la place dédiée à l'unité canadienne y étant cette journée-là à l'image de la Confédération elle-même : bloquée. À l'embouchure de la rue Rideau elle resta immobilisée près de dix minutes, aussi paralysée que les soldats de bronze du monument de la Paix au centre du square. Quand le véhicule parvint finalement à s'extraire de l'embouteillage, Me Lemieux, pas du tout pressé de rentrer chez lui et pris d'une soudaine nostalgie, eut une idée.

– Jacques, dit-il, au lieu de continuer tout droit sur Sussex, tourne au marché By, prends Dalhousie et Saint-Patrice. J'aurais le goût de revisiter le patelin de ma jeunesse.

Bien que Me Lemieux eût déjà visité sa paroisse natale à quelques reprises depuis le grand déplacement de 1965-1966 et les reconstructions subséquentes, il eut du mal à guider son chauffeur dans ce dédale de rues sans issue jonchées de copropriétés, de HLM et autres bâtiments communautaires. La paroisse qu'il avait tant aimée avait complètement changé de visage depuis l'exil des « déportés du bulldozer », victimes des expropriations massives. Mais il avait tant besoin d'oublier pendant quelques heures le temps présent, tant besoin de fuir l'actualité terrifiante, avec ses crimes, ses cris de guerre et ses promesses de chaos économique, tant besoin d'oublier le douloureux entretien qu'il venait d'avoir avec le Premier ministre qu'il se retrouva là comme dans une oasis, un havre de paix.

– Jacques, dit-il finalement après trois culs-de-sac successifs, tu vas garer la fourgonnette ici et me laisser descendre. Pendant que je me promènerai avec Prince, tu pourras lire ou faire un somme, ou te reposer là-bas, au parc Borden. Il fait tellement beau.

– Je n'aime pas vous laisser seul, vous le savez, répondit le chauffeur en ouvrant la large porte coulissante du véhicule.

– Je ne serai pas seul, Prince me tiendra compagnie. Sois sans crainte, je n'irai pas loin. La batterie de ma « limousine » est-elle bien chargée ?

Le vieillard aimait donner différents noms à son fauteuil motorisé : il l'appelait sa limousine, sa Mercedes, sa BMW, son porte-cul doré. Car c'était le véhicule des grandes occasions. Le fauteuil qu'il utilisait le plus souvent pour se déplacer autour de la maison et, ainsi, se garder en bonne forme physique était une vieille traction manuelle, sa « Ford à bras », comme il l'appelait.

– Elle est chargée à bloc, répondit Ouellette. Mais, s'il vous plaît, ne vous éloignez pas trop. Je n'aimerais pas devoir vous chercher dans ce dédale de culs-de-sac.

– Ne t'en fais pas, lança l'infirme en démarrant à pleine vitesse, un cul-de-jatte en porte-cul dans des culs-de-sac, ça devrait pouvoir se repérer facilement !

Mᵉ Lemieux retrouva sans peine, en ligne droite avec le presbytère, l'endroit précis où s'élevait jadis son école. Il s'arrêta et, la tête bien appuyée sur le haut de son dossier, le visage au soleil, les yeux fermés, les mains croisées sous la couverture à carreaux dissimulant son infirmité, il recula l'horloge de sa vie.

Janvier 1939. Il se revoit écouter avec la plus grande attention la mémorable leçon d'hygiène, puis se mettre en rang pour la confession mensuelle. Qu'étaient donc devenus les Ti-Pit, Toto, Flagosse, Dédé, Ménaille ? Surtout, qu'était devenue la belle Hélène ? Décédée sans doute. Tout le monde ne pouvait pas avoir une santé de fer comme lui.

Un camion qui passait fit entendre son klaxon. Tiré de sa rêverie, le vieillard sursauta, apaisa Prince qui s'agitait, jeta un coup d'œil du côté du parc dédié à l'ancien Premier ministre conservateur Robert Borden et imagina son fidèle chauffeur muni de lunettes d'approche, grimpé au sommet du promontoire pour le surveiller. Puis, tranquille, il referma les yeux pour retourner à ses souvenirs : le frère Antime, champion de catéchisme, le frère Aurélien, si fort en histoire, et, surtout, ce cher « Zénon-la-strappe », son bourreau d'hier, aujourd'hui l'éducateur dont il avait reçu, à la réflexion, infiniment moins de corrections qu'il n'en aurait mérité. Qu'ils en avaient du mérite, ces frères de jadis, à endurer jour après jour tous ces petits monstres ! Honte à cette société qui, parce qu'il y avait eu parmi eux quelques moutons noirs, avait ostracisé tout le troupeau !

Mᵉ Lemieux a déjà tout oublié la pénible conversation qu'il vient d'avoir avec le Premier ministre. Toujours confortablement assis dans son fauteuil, il tourne le dos à l'emplacement où s'élevait jadis son école pour porter son regard vers le presbytère et l'église, deux des rares bâtiments qui ont survécu aux démolitions des années soixante. Impossible de voir le presbytère de là, mais le clocher de l'église, lui, est parfaitement visible. Il oriente alors son fauteuil dans cette direction et démarre, immédiatement suivi par son chien Prince, trop heureux de se dégourdir les pattes.

Jacques Ouellette s'inquiète. Du promontoire du parc Borden où il s'est installé, impossible d'apercevoir son patron à cause des nombreux bâtiments qui lui bloquent la vue. Il dévale donc la pente et court jusqu'à l'église pour retrouver finalement son maître à la porte du transept ouest, maugréant contre les curés « qui ont tellement peur des voleurs qu'ils ferment leurs églises aux catholiques en plein après-midi ».

– Cours au presbytère, ordonne le vieux, et dis à quiconque te répondra que j'aimerais entrer dans l'église.

Quelques minutes plus tard, la porte s'ouvre de l'intérieur et une sœur âgée accueille l'éminent visiteur avec la plus grande déférence.

– Nous n'avons plus de curé résidant, explique-t-elle comme pour s'excuser. Restez le temps qu'il vous plaira. La porte se fermera automatiquement derrière vous quand vous quitterez.

– Mon chien peut-il entrer lui aussi ? demande l'infirme. Ce n'est pas un saint-bernard et il n'a pas été baptisé...

– Ça ne fait rien, répond-elle en souriant. Je suis sûre que le bon Dieu fermera les yeux...

Jacques Ouellette aide son maître à franchir le seuil puis se dirige vers l'arrière de la nef. Tandis que la religieuse retourne rapidement à ses occupations, l'infirme s'avance vers la crypte où repose son ancien curé – inhumation exceptionnelle que les autorités civiles n'avaient permise qu'après moult tractations – et s'y arrête pour se rappeler la rocambolesque journée de janvier 1939. Que sa perception est différente maintenant ! Alors qu'à cette époque il voyait en ce pasteur un vieux gâteux autoritaire, fat, orgueilleux, intolérant, il se dit maintenant que sans lui et tous les prêtres venus d'abord de France puis du Québec, prêchant haut et fort que la langue était gardienne de la foi, le bastion francophone qu'était la basse-ville d'Ottawa n'aurait jamais existé.

Puis l'infirme traverse le transept pour s'arrêter dans l'allée centrale, face au maître-autel. Tout y est tellement différent, plus propre, plus éclairé. Est-ce parce qu'on garde maintenant l'église le plus souvent fermée qu'elle a cette propreté de musée subventionné ? Ou parce que le soleil, étonnamment brillant pour cette période de l'année, inonde de ses feux, par les grands vitraux multicolores, le vaste sanctuaire et tout le devant de la nef ?

Me Lemieux revoit le fier curé qu'il assistait. Il le revoit au confessionnal semonçant Braguette Paquette, puis à la grand-messe du dimanche faisant son entrée solennelle et prenant place sur son trône. Il entend encore les échos des interminables sermons prononcés du haut de la chaire par lui et ses vicaires sur les grands dangers de l'heure : la compagnie des non-catholiques, l'école neutre, l'école mixte, le communisme, les danses modernes, la mode, les tavernes... Ciel, que le monde a changé !

Il y a tout près d'une demi-heure que l'infirme est là, immobile dans son fauteuil devant le maître-autel, quand Jacques Ouellette, perplexe et un peu las d'attendre, décide de s'avancer tout doucement dans l'allée centrale.

— Vous êtes prêt à partir, maître ? lui chuchote-t-il à l'oreille. Vous aimeriez que je vous aide à sortir ?

Le vieillard est si perdu dans ses rêves qu'il lui faut un instant pour revenir à la réalité.

— Oui, répond-il finalement d'une voix qui retentit dans toute l'église. Je veux te montrer quelque chose.

Ayant remis son fauteuil en marche, l'infirme sort par la même porte, fait le tour de l'église et s'arrête devant la grande façade de pierre donnant sur Old St. Patrick.

— Tu vois ce terrain de l'autre côté? dit-il en désignant celui-ci du doigt. Eh bien, avant les grandes démolitions des années soixante, j'ai habité pendant douze ans une des maisons qui étaient là. Une poignée de Canadiens français y ont pris, pendant la Deuxième Guerre mondiale, des décisions qui ont marqué l'histoire. Il faudrait déclarer ce terrain lieu historique.

— Ah oui ? interrogea Ouellette d'un air incrédule.

— Tout à fait, insista Me Lemieux. Il y avait là un véritable petit gouvernement clandestin, un pouvoir occulte très puissant. Un jour, je te raconterai tout de fil en aiguille. Ou j'écrirai un livre peut-être. En attendant fais-moi plaisir, laisse-moi avec Prince, va chercher la fourgonnette et attends-moi au coin de la rue.

— Vous voulez vraiment que je vous laisse encore ?

— Fais ce que je te dis, retourne à la fourgonnette et attends-moi. Je n'ai pas le goût de rentrer à la maison. C'est la première fois depuis des jours que je décompresse un peu, ne gâche pas mon plaisir.

Le ton est ferme, l'ordre catégorique. Tandis que le fidèle Ouellette s'éloigne en regardant derrière lui tous les deux pas, le vieillard remonte à sa taille son plaid qui a glissé sur ses moignons, fait asseoir son chien et jette un coup d'œil autour de lui. Personne. La rue Saint-Patrice, rebaptisée Old St. Patrick après les grands travaux, est complètement déserte. À vrai dire, depuis la construction d'une voie rapide juste à côté, peu de gens passent ici maintenant. L'église étant à peu près tout ce qui a survécu dans cette rue jadis bourdonnante, on aurait pu tout aussi bien l'appeler « rue de l'Église ». Mais soyons réalistes, l'Hôtel de ville aurait sans doute préféré « Church Street ».

Le vieillard retourne donc, les yeux fermés, à ce vendredi du mois de janvier 1939. Il se voit traverser la rue en courant pour transmettre le message du curé au maître de la maison. Il revoit celui-ci déposer aussitôt son journal et courir au téléphone pour appeler le curé Barrette : « Mgr Myrand veut nous voir tous les deux à huit heures ce soir à mon cabinet. Il viendra avec l'abbé Groulx. Paraît-il que c'est très important. »

Me Lemieux sursaute quand son chien Prince se met à grogner. Le vieillard regarde autour de lui et aperçoit, émergeant de la ruelle entre l'église et l'ancienne caisse populaire, un homme d'apparence peu rassurante : barbe longue, jean déchiré, démarche titubante. Il l'observe un moment, en conclut qu'il s'agit d'un inoffensif clochard et intime à Prince l'ordre de se taire. Une fois l'individu disparu au coin d'Old St. Patrick et Cobourg, où Jacques Ouellette attend patiemment dans sa fourgonnette, il replonge, rassuré, dans ses souvenirs de jeunesse, revoyant cette grande maison comme si elle n'avait jamais cessé d'exister, se rappelant que, le lendemain d'une réunion particulièrement bruyante qui l'avait empêché de dormir, il s'était plaint du bruit à son beau-père, qui lui avait répondu sèchement que ces réunions ne le concernaient aucunement et que, si le bruit le gênait tant, il lui fournirait volontiers des tampons pour se boucher les oreilles. Ayant formulé la même plainte à sa mère, elle lui avait répondu que ces gens-là étaient « probablement de la société Saint-Jean-Baptiste ou quelque chose du genre » et que lui, François, n'avait d'autre choix que de faire comme elle : se taire et endurer.

Voyant une voiture approcher, Prince se dresse, s'agite et grogne. De nouveau Me Lemieux sort de sa rêverie et consulte sa montre : presque quatre heures. Il est temps de rentrer.

17. LE POINT DE PRESSE

La fourgonnette est toujours au coin de la rue, à l'ombre d'un gros chêne, juste à côté d'un grand panneau-réclame qui crie bien haut le slogan du gouvernement O'Brien, *« For a Strong Canada »*. Quand M Lemieux fait signe à Ouellette d'approcher, signal que Prince comprend sans peine et qu'il salue par un énergique frétillement de la queue, le chauffeur démarre aussitôt, s'approche, descend la plate-forme, y fixe solidement le fauteuil roulant et son passager, actionne le mécanisme de rétraction et ferme la portière.

C'est un véhicule extrêmement sécuritaire et confortable qui réunit bon nombre des innovations les plus récentes de la technologie automobile et qui suscite partout où il passe la curiosité des badauds. Doté d'un puissant moteur de trois cents chevaux, il est parfaitement insonorisé et climatisé. Sa carrosserie est à l'épreuve des balles et quatre coussins gonflables assurent à l'intérieur de l'habitacle la sécurité des passagers. Le fauteuil de l'infirme se trouve entre la banquette du chauffeur et les deux sièges arrière destinés, ceux-là, aux invités du maître. Font partie de l'équipement un puissant appareil de radio, un poste de télévision, un ordinateur et un téléphone.

L'animateur si controversé s'est procuré cette fourgonnette très spéciale après la tentative d'assassinat dont il a déjà été l'objet : une bombe de fabrication artisanale qu'un ou des inconnus avaient placée sous le capot a sauté alors que Jacques Ouellette avait eu la bonne idée d'utiliser le démarreur à distance. Cette nouvelle fourgonnette ne peut démarrer qu'à l'aide d'une télécommande, à moins que Ouellette ne la désamorce, et est pourvue en plus d'un dispositif électronique qui signale sur écran toute anomalie.

Il est quatre heures quand le véhicule se met en route pour Rockcliffe et que Me Lemieux, impatient de savoir ce qui s'est passé au cours des dernières heures, ouvre la télévision à l'une des chaînes d'information continue. On y parle d'un crime odieux qui vient de survenir à Montréal : une fillette de douze ans violée en pleine rue par six jeunes truands en présence d'une douzaine de passants qui n'ont même pas appelé la police. Heureusement, grâce surtout à des caméras de surveillance cachées à la suite de semblables incidents dans ce quartier, appareils qui n'ont cessé de proliférer dans les grandes villes depuis la fulgurante progression des crimes violents, la police dit posséder un assez bon signalement des assaillants.

Après ce terrifiant récit, le speaker dépose la feuille qu'il tenait et en prend une autre.

« Pour les téléspectateurs qui l'auraient manqué, dit-il, nous allons maintenant présenter en reprise le point de presse qu'ont donné il y a deux heure à peine, à Québec, le Premier ministre Marc Richard et le directeur de la SNQ, Monsieur Alain Pichette, sur l'explosion qui a ravagé le siège du Parlement québécois tôt dimanche matin et causé quinze pertes de vie. Nous laissons la parole à Monsieur le Premier ministre. »

Me Lemieux vit d'abord apparaître à l'écran l'animateur de ce point de presse, puis un Premier ministre foudroyé, presque méconnaissable, accompagné d'un chef de police visiblement épuisé lui aussi mais l'œil perçant et les sourcils en bataille. Il les vit prendre place à une longue table rectangulaire devant une centaine de journalistes impatients et nerveux, de photographes et de caméramen trépignants ployant sous le poids de leur équipement. L'animateur annonça que le Premier ministre dirait d'abord quelques mots, après quoi les journalistes pourraient poser leurs questions, puis il céda le micro à Monsieur Richard.

« Chers amis, dit le Premier ministre en levant la main pour apaiser la meute bruyante, vous me permettrez d'abord d'adresser un mot à tous les Québécois et à tous les Canadiens qui nous écoutent. Aussitôt après ce court message, le directeur de la Sûreté et moi nous ferons un plaisir de répondre à vos questions.

« Chers amis québécois et canadiens :

« L'an dernier, en proclamant par un vote de l'Assemblée nationale l'indépendance de l'État du Québec, le gouvernement du Parti autonomiste se doutait bien qu'il s'exposait aux réactions violentes de quelques exaltés. Mais il ne s'attendait pas – non, vraiment pas – au terrorisme qui a atteint dimanche matin son point culminant avec la tragédie que l'on sait.

« Je n'ai aucune intention aujourd'hui d'aborder la question de la légalité ou de l'illégalité du vote de l'an dernier : si le peuple québécois n'est pas d'accord avec ce vote, s'il croit devoir nous censurer, s'il ne veut pas du Québec que nous lui avons proposé tout au cours de la campagne, il aura en toute liberté le loisir de le faire savoir lundi prochain.

« Mais, de grâce, cessons ces actes dégradants, ces actes meurtriers qui font notre déshonneur en tant qu'êtres humains. Tous ceux, Québécois comme Canadiens, qui ont choisi d'imposer leurs vues par la force, d'exercer sur leurs gouvernants démocratiquement élus un chantage éhonté, ceux-là ne sont dignes d'être ni des Québécois ni des Canadiens. Et ceux qui vont jusqu'à mettre en péril la vie de leurs concitoyens pour atteindre leurs fins ne sont rien d'autre que des assassins, des assassins que le gouvernement québécois, pour sa part, pourchassera sans relâche et punira comme ils le méritent.

« Je profite de l'occasion pour rappeler que le gouvernement du Québec demeure ouvert à tout arrangement constitutionnel qui lui assurera, à l'intérieur d'une véritable confédération, sa complète autonomie interne. Mais je répète qu'il ne cédera ni à la violence ni au chantage. Jamais ! »

La voix brisée par l'émotion, le Premier ministre fit une courte pose et reprit :

« Mesdames et Messieurs des médias, le directeur Pichette et moi sommes maintenant prêts à répondre à vos questions. »

Il y avait là non seulement des journalistes de tous les grands quotidiens et agences de presse du pays, il y en avait aussi des États-Unis et même d'Europe. L'animateur les pria d'être brefs, d'attendre son signal avant de se lever et de prendre la parole. Puis il désigna un premier journaliste.

— Ma question, cria le jeune homme au-dessus du tumulte, s'adresse peut-être davantage au directeur Pichette puisqu'elle a directement trait à l'enquête. J'aimerais savoir s'il y a un fond de vérité à la rumeur selon laquelle une organisation du nom de *Knights of Vengeance* a revendiqué l'attentat.

Le chef de la Sûreté tira le micro vers lui.

— C'est exact, dit-il. Hier matin, peu de temps après son arrivée sur les lieux du sinistre, le Premier ministre m'a convoqué à une réunion spéciale de son cabinet. C'est alors que nous avons pris connaissance d'une lettre dans laquelle une organisation du nom de *Knights of Vengeance* s'attribuait la paternité de l'explosion.

— Et qu'est-ce que disait la lettre au juste ?

— C'était écrit en anglais, en caractères d'imprimerie découpés dans une revue et collés l'un à la suite de l'autre (je vous fais grâce des vulgarités) : «*You will never pay enough for all the harm you did to Canada. This explosion might only be the beginning.*» Et c'était signé comme je vous l'ai dit : «*Knights of Vengeance*». Je traduis : « Vous ne paierez jamais assez pour le tort que vous avez causé au Canada. Cette explosion n'est peut-être qu'un début. Les Chevaliers de la Vengeance. »

Pendant quelques secondes, pas un mot, pas un son. La lecture du message avait plongé la salle dans la stupeur.

— Et comment cette lettre vous est-elle parvenue ? de poursuivre finalement le journaliste.

— Quelqu'un l'a apparemment glissée sous une porte. C'est un gardien qui l'a trouvée.

— Et la personne qui l'a laissée n'a pas été vue ?

— En effet. Notre enquête porte également sur cet aspect-là.

L'animateur fit signe à un autre reporter.

— Pouvez-vous nous dire ce que vous savez de cette organisation, Monsieur le Directeur ?

— Rien pour le moment, malheureusement. Absolument rien. L'enquête se poursuit.

— Mais c'est incroyable ! Une organisation criminelle aussi importante et vous n'en savez rien ?

— Soyez patient, ça viendra.

Puis l'animateur donna la parole à la représentante d'un journal de Toronto..

— Comme ces terroristes peuvent être aussi bien de l'Ontario que du Québec ou d'ailleurs, est-ce que les corps de police hors-Québec collaborent à votre satisfaction ? demanda-t-elle.

— Tous les corps de police du Canada et du Québec ont été alertés, répondit Pichette, de même que le FBI et Interpol. Je dirige l'enquête personnellement, et la brigade antiterroriste, constituée comme vous le savez de policiers d'élite tant du Québec que de l'Ontario, y travaille activement.

— Mais vous êtes à Québec et cette brigade est à Ottawa...

Le Premier ministre jugea bon d'intervenir :

— Nous cherchons des moyens de rendre plus efficaces nos corps de police des deux côtés de l'Outaouais, y compris cette brigade antiterroriste. Je dois en discuter demain avec Monsieur O'Brien.

— Est-ce le seul sujet à l'ordre du jour ? demanda un autre reporter

— Pour le moment, oui, répondit le Premier ministre.

— Songez-vous à recourir à la loi des mesures d'urgence ?

— Nous n'en avons pas encore discuté.

Un reporter de langue anglaise s'exprimant difficilement en français demanda à son tour :

— Selon certaines rumeurs, vous songeriez à reporter les élections de lundi. *Is that right ?*

— Il n'en est pas question pour l'instant.

– Vous dites « pas pour l'instant », insista le journaliste. Faut-il comprendre qu'elles pourraient être reportées ?

– Je pense avoir répondu à votre question, trancha le Premier ministre.

L'animateur pointa ensuite son index vers un jeune journaliste qui demandait la parole depuis un bon moment.

– Ma question s'adresse au directeur Pichette, dit-il. On a mentionné qu'un individu d'allure louche aurait été aperçu rôdant autour de l'hôtel du Parlement au moment de l'explosion. Est-ce qu'on en sait plus là-dessus ?

– Un simple clochard, répondit le directeur. Un individu inoffensif que les policiers municipaux voient tous les jours autour du château Frontenac. Il était si saoul quand nous l'avons arrêté qu'il avait du mal à marcher. Lorsqu'il s'est finalement dégrisé, nous l'avons longuement interrogé. Il ne savait rien de ce qui s'était passé.

– A-t-il été établi que la bombe a éclaté à l'intérieur ?

– Oui.

– Ce serait donc, comme on dit en anglais, un *inside job*?

– En partie, de préciser Pichette. Nous pensons que le crime aurait pu être conçu et organisé par ce groupement terroriste des *Knights of Vengeance* – ou un autre – mais exécuté par une personne travaillant à l'hôtel du Parlement.

– Un agent de sécurité par exemple, ou une femme de ménage ?

– C'est possible.

Un journaliste de Radio-Canada enchaîna :

Comme vous savez sans doute mieux que moi, Monsieur le Directeur, il existe en Ontario des bandes de motards, les *Canadian Patriots*, qui s'affichent ouvertement antiquébécoises et antifrancophones. La police fait-elle enquête de ce côté-là?

— La Gendarmerie royale, la Police provinciale de l'Ontario et la brigade antiterroriste ont ces gens-là à l'œil depuis un bon moment. Plusieurs membres ont été interrogés. Rien ne nous permet de croire pour l'instant que les *Patriots* pourraient être responsables.

— Mais avez-vous pensé, d'insister le journaliste, que ces *Knights of Vengeance* pourraient ne pas exister? Qu'il pourrait s'agir des *Patriots* – ou de toute autre organisation ?

— Comme je vous l'ai dit, l'enquête se poursuit. Rien n'est exclu. Mais qu'il s'agisse des *Knights of Vengeance* ou de tout autre groupement terroriste, ça saute aux yeux que nous avons affaire à des professionnels. La bombe était trop puissante pour avoir été l'œuvre d'un amateur. Et pour percer le mur de sécurité établi à l'extérieur comme à l'intérieur depuis le commencement des troubles, il fallait de toute évidence des professionnels.

Un journaliste d'une soixantaine d'années, rougeaud, court, presque obèse, étriqué dans un costume marine tout froissé, retira de sa bouche le cigare éteint qu'il mâchouillait, pour lancer d'une voix tonitruante :

— Vous parlez seulement du terrorisme dirigé contre le Québec. Mais vous savez comme moi que des nationalistes québécois ont eux aussi planté des bombes et couvert de graffitis les murs de douzaines d'édifices gouvernementaux. Je veux parler en particulier des lettres « OJC » qu'on retrouve partout à Ottawa. Est-ce qu'on sait enfin qui est responsable et ce que veulent dire ces initiales ?

Le directeur Pichette hésita un moment :

— Je ne me sens pas très compétent pour vous répondre, Monsieur ; il vaudrait peut-être mieux que vous posiez la question à la police d'Ottawa. Tout ce que je puis vous dire, c'est que même si ces bombes placées le plus souvent dans des boîtes à lettres n'ont fait aucune victime et ont causé relativement peu de dégâts, de tels actes sont absolument inacceptables. Malheureusement, à ma connaissance, les recherches n'ont encore donné aucun résultat.

— Avez-vous enfin découvert ce que veut dire « OJC » ? poursuit le journaliste ?

— Personnellement, je n'en ai aucune idée.

— J'ai lu qu'une société secrète canadienne-française a déjà porté ce sigle : l'Ordre de Jacques-Cartier...

— J'ai déjà entendu ce nom-là, il y a de cela très, très longtemps. Une société patriotique, sauf erreur. Il n'y avait rien de terroriste là-dedans.

— Une société secrète très puissante, très anti-canadienne, qui a combattu la conscription pendant la Deuxième Guerre mondiale et envoyé un nouveau parti à Ottawa...

Sentant son directeur embarrassé, le Premier ministre s'empara du micro :

— Je sais de quoi vous parlez. Cette société a disparu dans les années soixante, au moment de la Révolution tranquille québécoise. C'est de l'histoire ancienne.

— Des politiciens influents qui vivent encore en auraient déjà fait partie.

— Peut-être, je n'en sais rien. Et puis, à supposer que ce soit vrai, cette société n'avait rien de criminel.

— N'empêche qu'elle a été dénoncée au Sénat et que la Gendarmerie royale l'avait à l'œil...

— Vous ramenez là, Monsieur, des histoires vieilles de trois quarts de siècle. C'est exact que les Canadiens français s'étaient regroupés dans une société secrète pour défendre leurs droits, tout comme les francs-maçons et d'autres l'avaient fait avant eux pour leur profit, mais je ne pense pas que ce soit le moment de faire leur procès.

— Pas question de faire leur procès, Monsieur le Premier ministre. Je vous demande tout simplement s'il ne serait pas possible que l'Ordre de Jacques-Cartier, mort dans les années soixante comme vous dites, ait ressuscité de ses cendres.

— Hypothèse totalement farfelue. L'OJC dont j'ai entendu parler, moi, était une société secrète catholique, tout ce qu'il y avait de plus pacifique, croyez-moi.

— Catholique mais aussi politique puisqu'elle a fait élire en 1936 Maurice Duplessis et lancé son propre parti politique pour empêcher la conscription. Son but était de briser le Canada, de faire du Québec un État indépendant.

Le Premier ministre maîtrisait difficilement son impatience.

— S'il vous plaît, Monsieur, soyez raisonnable ! Nous sommes ici pour renseigner le public sur une tragédie terrible et non pour ressasser hors contexte des histoires qui remontent à plus d'un demi-siècle. Je vous en prie, gardez vos questions pour une autre fois.

— Vous voulez dire « pour la semaine des quatre jeudis » !

Le Premier ministre ne répondit pas et le journaliste réintégra son siège en mordant son vieux cigare.

18. LES VIEUX PAPIERS

Mᴱ Lemieux habitait à Rockcliffe l'ancienne résidence d'un diplomate, vaste maison de pierre grise, presque centenaire mais superbement rénovée, entourée d'un grand jardin où sa sœur Denise, qui habitait avec lui, passait le plus clair de ses journées, du printemps jusque tard à l'automne.

Ironie du sort, Denise Lemieux, jadis folle des garçons, ne s'était jamais mariée. En 1960, elle s'était amourachée d'un employé de banque plus jeune qu'elle, qui, après deux ans de fréquentations assidues, avait fini par demander sa main. Or le matin même du mariage, dans une église Sainte-Anne toute décorée de fleurs et brillant de tous ses lustres, l'infâme Louis-Paul brillait, lui, par son absence. Le curé en colère, laissé poireautant devant une fiancée éplorée, interrogé des yeux par cent parents consternés et un organiste les mains figées sur son clavier silencieux, tout fin prêt à faire éclater les premières notes d'une marche nuptiale qu'il savait par cœur, avait juré sur la tête de tous ses paroissiens qu'il finirait un jour par retrouver le malappris. En fait, ni lui, ni Denise, ni personne ne l'avait revu, la rumeur voulant que, soupçonné de malversation, il avait filé à l'extérieur du pays.

À l'automne de la même année, Mᵉ Ferdinand LeBel, foudroyé par un infarctus, mourut comme il avait vécu, les lunettes sur le nez, un document dans les mains, laissant à sa femme son entière fortune moins quelques milliers de dollars à la Saint-Vincent-de-Paul et à la Société Saint-Jean-Baptiste dont il avait été l'infatigable président pendant des années. Hélas, la pauvre Stéphanie ne put guère profiter de son héritage bien longtemps. Deux ans plus tard, elle tomba malade, frappée d'une incurable affection de parkinson la privant de ce piano qui lui avait procuré tant de joie, tant de consolation pendant tant d'années. Dès lors Denise, ayant définitivement renoncé aux hommes depuis son mariage avorté, s'était employée à entourer sa mère d'une attention de tous les instants.

En 1966, quand les autorités municipales d'Ottawa lancèrent leurs bulldozers à l'assaut de la forteresse francophone de Sainte-Anne et de Notre-Dame, la maison des LeBel tomba comme les autres. Stéphanie trouva refuge dans une résidence pour personnes âgées et Denise, ne voulant pas s'éloigner de sa mère, acheta une petite maison tout près de manière à pouvoir lui rendre visite plusieurs fois par semaine. Alors avocat à Québec, François Lemieux venait à Ottawa aussi souvent que ses occupations le lui permettaient, mais comme son horaire lui laissait peu de temps il lui arrivait d'être un mois et plus sans voir sa mère. Pire encore, sa femme Rose, son fils et ses deux filles ne le voyaient à peu près plus.

Lorsqu'il fit son entrée en politique en 1970, les moments passés à la maison furent plus rares encore, tellement que, à deux reprises, Rose songea sérieusement à divorcer. L'accident d'avion de 1980 changea tout cependant, replaça tout dans une perspective nouvelle, le rapprocha plus que jamais de sa famille. Il hésita longuement avant de retourner en politique en 1984, d'autant plus que son élection allait l'obliger à quitter Québec, ville qu'il adorait, et l'investir de responsabilités encore plus lourdes. C'est finalement sa femme qui le persuada d'accepter, sachant d'abord que Madame LeBel et Denise en seraient ravies et, surtout, convaincue qu'elle avait affaire désormais à un homme nouveau pour qui la politique ne serait jamais plus un absolu.

Hélas, deux ans après s'être installé à Ottawa, François Lemieux devait subir une épreuve plus lourde encore que la perte de ses jambes : la mort de sa femme, victime d'un cancer fulgurant, et, presque en même temps, celle de sa mère devenue très âgée, pour qui il avait toujours éprouvé la plus grande affection. Son fils Robert venait d'entreprendre une carrière diplomatique et ses deux filles, Guylaine et Jocelyne, fréquentaient toutes deux des anglophones dont elles avaient fait la connaissance à Ottawa.

Lorsque Me Lemieux fit l'acquisition de sa résidence de Rockcliffe, sa femme était décédée depuis quatre ans. Comme Denise vivait alors seule, il l'invita à venir partager avec lui sa nouvelle demeure ; elle aurait ses appartements à l'étage et lui au rez-de-chaussée, alors que Jacques Ouellette et sa femme Gertrude habiteraient le grand sous-sol joliment aménagé, éclairé par de belles grandes fenêtres et accessible à la fois par un escalier intérieur, une porte latérale et une porte-patio donnant sur le jardin. Gertrude Ouellette travaillerait comme bonne et cuisinière sous la gouverne de Denise, tandis que Jacques serait l'homme à tout faire : chauffeur, garde du corps, aide-jardinier, plombier, électricien et quoi encore. Les Ouellette en étaient presque venus à faire partie de la famille.

Il était tout près de cinq heures quand Me Lemieux rentra finalement de sa petite escapade dans son patelin natal. Denise, encore très alerte pour son âge, était au jardin comme d'habitude, profitant des dernières belles journées de l'été des Indiens, et Gertrude à la cuisine. Aussitôt descendu de sa fourgonnette, le vieillard, un peu las, demanda à Ouellette de le conduire à sa chambre et de l'aider à se mettre au lit ; il ferait un petit somme jusqu'au souper puis travaillerait une heure ou deux dans son cabinet pour préparer son émission de télé.

Gertrude avait apprêté un excellent repas : bisque de homard, peu de viande mais beaucoup de légumes provenant tous du merveilleux potager de Denise, le tout couronné d'une délicieuse salade de fruits frais. Dès la fin du souper, l'infirme se dirigea vers son cabinet et ferma la porte derrière lui, bien décidé à entreprendre sans plus tarder la préparation de son émission. Bien sûr, il lui faudrait parler du terrible attentat de dimanche, condamner ce crime odieux, inciter la population au calme comme le Premier ministre le lui avait demandé. Il ferma les yeux et tâcha de se concentrer.

Rien à faire. Impossible de chasser de son esprit les propos qu'il avait entendus à deux reprises au cours de la journée sur cette société secrète dont lui-même – peu de gens le savaient – avait brièvement fait partie dans sa jeunesse. Il se dirigea vers une armoire, en sortit une boîte toute bien ficelée, la traîna péniblement jusqu'à sa table de travail et, la tête encore bourrée de souvenirs, se mit à en examiner le contenu. Des douzaines et des douzaines de coupures de journaux, photocopies, revues, bulletins, photos et comptes rendus d'assemblées, tous classés par ordre chronologique[18].

Il y avait d'abord un numéro de *L'Émerillon*, journal clandestin de l'Ordre, daté de mars 1941, rappelant les origines du mouvement. Le projet avait été lancé un soir d'octobre 1926 « dans un accueillant presbytère de la ville d'Ottawa ». Le premier comité exécutif avait été formé en décembre de la même année et la première commanderie fondée en janvier 1927. *L'Émerillon* parlait longuement d'un grand banquet qui avait eu lieu au Château Laurier, au cours duquel l'OJC avait conféré à Mgr Alexandre Vachon, nouvellement nommé archevêque d'Ottawa, le titre de Grand Aumônier Général de l'Ordre. Le Grand Chevalier avait notamment rendu hommage à Mgr Myrand, aumônier général de l'Association Saint-Jean-Baptiste et « bienfaiteur insigne de notre société ».

La boîte contenait aussi la première page jaunie d'un journal de Montréal, *Le Jour*, en date du 23 mai 1942, pourfendant l'Ordre de Jacques-Cartier pour sa lutte contre la conscription. Le journal clamait sur toute la largeur de la page : « LA CAMPAGNE DES CAGOULARDS DE L'OJC ». Et en sous-titre : « Cette société secrète formée des éléments les plus sectaires, les plus étroits, les plus antibritanniques et les moins intelligents de la « race », a déployé une activité fébrile pour le « Non » lors

---

18. Tous les documents dont il est question ici sont authentiques. Les notices bibliographiques complètes, ainsi que précédemment mentionné, sont toutes réunies en fin de volume.

du dernier plébiscite». Le directeur-fondateur Jean-Charles Harvey traitait l'OJC de fasciste et le comparait au Ku Klux Klan. «Il s'infiltre, disait-il, dans tous les mouvements politiques afin d'arriver à sa fin qui consiste à fonder au bord de notre grand fleuve une république laurentienne, une sorte de réserve indienne où des exploiteurs pourront tout à leur aise poser en consolateurs suprêmes des parias de l'Amérique.»

Joints à cette page du *Jour*, des extraits du livre de Marcel-Aimé Gagnon intitulé *Jean-Charles Harvey, précurseur de la Révolution tranquille*, montraient combien Harvey abhorrait l'Ordre de Jacques-Cartier, le chanoine Groulx et tous les nationalistes de même farine. De l'OJC le directeur du *Jour* écrivait : «Il en est de lui comme de la franc-maçonnerie. Par des menées sourdes, il parviendra à introduire partout des individus de son choix et à éliminer de plusieurs postes importants les hommes doués de largeur de vue, tous ceux qui tiennent vraiment aux institutions démocratiques, à la bonne entente entre les Canadiens de diverses origines et à l'unité de notre pays.» Harvey voyait en Groulx «l'apôtre du séparatisme» et «le principal animateur et inspirateur» de l'Ordre de Jacques-Cartier. Loin d'être une force, le séparatisme était pour lui une maladie. «J'aime mieux, écrivait-il, être fils d'un immense et fort pays, bien peuplé, bien développé, bien défendu et bien respecté... que de rester enfermé dans mon clos laurentien.» Sans aller jusqu'à condamner la coexistence de deux peuples distincts, il tenait à ce que ces deux peuples continuent de former une seule et même nation. En s'isolant, le Québec deviendrait une simple «réserve» et pourrait rapidement disparaître, car c'est un fait bien connu que «les petites nations sont dévorées par les grandes».

Me Lemieux trouva ensuite un long article du journaliste Charles-Henri Dubé paru dans le magazine *Maclean* de mai 1963 sous le titre « La vérité sur l'Ordre de Jacques-Cartier », dénonçant les méthodes de l'Ordre mais reconnaissant en même temps qu'il avait joué un rôle utile dans certains cas, notamment pour l'obtention du drapeau fleurdelysé, les chèques et la monnaie bilingues, les publications fédérales bilingues, la nationalisation de l'électricité, etc. Il révélait que Mgr Paul-Émile Léger, avant d'être nommé archevêque de Montréal et cardinal, représentait l'Ordre auprès du Saint-Siège, afin de « mieux combattre au Vatican même l'influence des Irlandais dans la nomination des évêques ». Après avoir fait la fortune de l'Union nationale, toujours selon Dubé, l'OJC avait fait celle du maire Jean Drapeau en assurant le succès de sa fameuse campagne de moralité publique à Montréal.

Puis Me Lemieux trouva une série d'articles du journaliste Roger Cyr publiés dans l'hebdomadaire *La Patrie* au printemps de 1964, un an avant que la *Patente* ne tire officiellement sa révérence. Le premier prédisait la mort imminente de l'Ordre. « La mafia du nationalisme au bord de l'agonie », clamait-il en gros titre, qualifiant ses « grands manitous » de «*Dons Quichottes* des minorités » et de « spécialistes de la fausse représentation patriotique ». Le deuxième montrait comment la « main noire » avait réussi à s'infiltrer partout, jusqu'à contrôler le Comité de moralité de Jean Drapeau. Le troisième dévoilait les noms de « frères » connus : Louis-J. Robichaud, Premier ministre du Nouveau-Brunswick, Pierre Laporte, ministre québécois des Affaires municipales, Jean-Jacques Bertrand, premier lieutenant du chef de l'Opposition, Cyrille Vaillancourt, sénateur et administrateur général des Caisses Desjardins, Roger Duhamel, imprimeur de la Reine à Ottawa, André Laurendeau, éditorialiste au *Devoir* et coprésident de la Commission royale d'enquête sur le bilinguisme et le biculturalisme.

S'ajoutaient à cette série d'autres articles du même hebdomadaire sur le fameux congrès général de mai 1964 à Québec – « le congrès de la dernière chance comme plusieurs l'avaient appelé ». Le premier racontait que, pour se moderniser un peu, se mettre à l'heure de la Révolution tranquille, l'Ordre avait accepté que des « profanes » y participent. C'est ainsi que, au grand dam sans doute des chanceliers les plus conservateurs, le populaire comédien montréalais Jean Duceppe, conférencier invité, avait dénoncé vertement les sociétés secrètes. « J'ai une répugnance naturelle pour les sociétés secrètes, avait-il dit. Je n'aime pas certains rites qui m'ont l'air de sortir des époques barbares et qui vous y replongent toujours un peu. Ces mystères, que je trouve enfantins, me font peur : je n'arrive pas à m'arracher de la tête que ces cérémonies prédisposent à toutes sortes de fanatismes. Et je pense ici à une forme de racisme dont le germe est en nous. »

L'Ordre ayant également invité un certain nombre d'intellectuels québécois à se prononcer sur un projet de manifeste appelé à devenir sa bible, *La Patrie* indiquait que Monsieur Jacques Parizeau, alors professeur à l'École des Hautes Études Commerciales, futur Premier ministre du Québec, avait participé aux travaux d'une commission d'étude sur les grands problèmes économiques. Enfin, dans cette même liasse, des extraits du manifeste que l'Ordre avait mis de l'avant à ce congrès. Voué jusque-là aux intérêts de l'ensemble du

Canada français, il acceptait maintenant, pressé par sa puissante aile québécoise, de donner priorité au Québec et de revendiquer pour celui-ci rien de moins qu'une totale « autonomie interne ».

La dernière pièce importante était le livre de G.-Raymond Laliberté, ancien syndicaliste devenu professeur, intitulé *Une société secrète : l'Ordre de Jacques-Cartier*, analysant le mouvement dans le menu détail et montrant combien la prise de position de l'aile montréalaise au congrès de 1964 ainsi que la querelle qui s'ensuivit au conseil suprême et dans l'ensemble de l'Ordre pèsent lourd dans l'effondrement de l'OJC.

En fin de soirée, lorsque Denise Lemieux, après avoir frappé plusieurs fois à la porte sans recevoir de réponse, entra finalement dans le bureau de son illustre frère, celui-ci dormait dans son fauteuil, ses lunettes sur le nez, son menton sur la poitrine, le livre de Laliberté ouvert au dernier chapitre intitulé : « Le Parti québécois, héritier légitime de l'Ordre de Jacques-Cartier. »

Elle sonna Ouellette pour qu'il vienne l'aider à le mettre au lit.

19. L'ÉMISSION DE TÉLÉ

JOUR 3.

Me Lemieux se réveilla le sourire aux lèvres : son pèlerinage de la veille ayant ranimé dans sa tête de vieux souvenirs, il avait rêvé qu'il était adolescent, qu'il y avait foule au Carré Anglesea et que le curé Myrand, qui passait la quête, avait fait une sainte colère parce que Chameau Archambault avait déposé dans l'assiette une carte de gomme balloune... Il appuya sur le bouton de la sonnerie fixé à sa table de chevet et, presque aussitôt, apparut son fidèle compagnon Jacques Ouellette qui le prit dans ses bras puissants et le déposa tout doucement dans le fauteuil roulant à côté du lit.

À la maison comme lors de ses promenades dans les sentiers du parc de Rockcliffe, jamais l'infirme n'utilisait son fauteuil motorisé, préférant toujours celui qu'il devait actionner manuellement parce que, disait-il avec raison, cela lui permettait d'employer des muscles qui, autrement, se seraient rapidement atrophiés. Aussi avait-il acquis au cours des ans des bras et un torse qui auraient fait l'envie de bien des hommes beaucoup plus jeunes que lui.

C'est donc dans ce fauteuil qu'il se rendit à la grande fenêtre où, chaque matin depuis qu'il habitait cette maison, il faisait ses exercices d'étirement et de respiration. Ouellette écarta les lourdes draperies, laissant voir un soleil éclatant pour la troisième journée consécutive, ouvrit la fenêtre pour aérer la pièce et, pendant que Me Lemieux se livrait à ses exercices, se rendit à la salle de bains pour préparer celle-ci à recevoir le maître de la maison.

– Vous avez bien dormi ? demanda Ouellette quand le vieillard arriva, prêt pour ses ablutions.

– Oui, merci. Quoique je déteste m'endormir dans mon fauteuil. Je devais être au bout du rouleau.

– Pas étonnant, répondit Ouellette. Quelle épuisante journée vous avez connue hier !

– Mais je me sens en grande forme ce matin.

– Et le soleil est encore radieux. L'été des Indiens continue, c'est incroyable.

– Faut en profiter pendant que ça dure. J'irai me promener dans le parc. Je ne vais certainement pas m'enfermer dans la maison par une journée pareille.

– Je vous accompagne ?

– Non, j'irai avec Princesse, elle a besoin d'exercice. Je l'ai négligée depuis quelques jours, la pauvre. Je lirai mes journaux et tâcherai de mettre un peu d'ordre dans mes idées pour l'émission de ce soir.

Peu de gens savaient que le célèbre animateur avait deux chiens. Il n'apparaissait toujours en public qu'avec un seul et les deux étaient identiques : deux bergers allemands magnifiques superbement dressés.

– Vous êtes sûr que vous voulez y aller seul ? insista Ouellette.

– Tu aideras Denise au jardin et s'il te reste du temps, tu laveras les carreaux. Il y a mille travaux à faire autour de la maison en ce temps-ci de l'année. Sois sans crainte, je ne m'éloignerai pas.

Quand il eut terminé sa toilette, l'infirme se rendit à la cuisine, embrassa sa sœur et prit place à la table pour déjeuner avec elle en écoutant à la radio, comme tous les matins, les nouvelles de huit heures.

De nouveau il était question de la rencontre qu'avaient eue la veille le Premier ministre du Québec et le directeur de la SNQ avec les journalistes. Le point sur lequel on insistait surtout, c'était la possibilité que les élections soient reportées. Monsieur Richard avait dit qu'il n'était pas question « pour l'instant » de les annuler. Par contre, des ministres interrogés par la suite s'étaient dit personnellement favorables au report du scrutin bien que respectueux de la solidarité ministérielle.

« Il serait impensable de tenir des élections dans un climat pareil, avaient déclaré trois ministre sous le couvert de l'anonymat. Il faut attendre que les esprits se calment. »

D'autres voyaient les choses différemment :

« Reporter les élections serait céder aux terroristes. D'ailleurs, le moment est d'autant plus propice à des élections que les Québécois sont révoltés. Ils voient bien que l'ennemi n'est pas québécois, il est antiquébécois et antifrancophone. Ils vont se serrer les coudes lundi et voter pour le Québec. »

La radio faisait également état du bilan officiel de l'explosion : quinze morts et dix blessés. Parmi les morts, six agents de sécurité et neuf femmes de ménage. On avait craint à un certain moment qu'un ministre eût pu être parmi les victimes. Un ministre s'était en effet présenté à l'hôtel du Parlement en fin de soirée avec une jeune femme, mais il en était sorti bien avant l'explosion et le chef de cabinet du Premier ministre l'avait finalement rejoint dans un hôtel de la banlieue.

— Quelle affaire épouvantable! soupira Me Lemieux après un long silence. Absolument épouvantable! Je n'aurais jamais pensé être témoin dans toute ma vie d'une tragédie pareille.

— Tu ne penses qu'à ça depuis dimanche, dit Denise. Essaie de te changer les idées. Va prendre l'air dans le parc et tâche de penser à autre chose, ça te fera du bien.

— J'ai mon émission à préparer, je ne peux pas penser à autre chose.

— Tu n'es pas fatigué d'animer cette émission? À ton âge, tu pourrais bien laisser ta place à un plus jeune.

— Ça m'amuse.

— Qu'est-ce qui t'amuse? De provoquer les gens? Tu vas finir par te faire descendre une bonne fois.

— Tu exagères toujours.

— Les rues sont pleines de fous.

— Sois sans crainte.

— Nous avons beau avoir un numéro de téléphone confidentiel, il y a toujours un énergumène ou deux qui parviennent à nous appeler ici après chaque émission.

— Tu t'inquiètes toujours trop.

— Je ne comprends vraiment pas pourquoi cette station te garde.

— Les cotes d'écoute, ma chère, les cotes d'écoute. Les auditeurs ont beau me trouver provocant, grincheux, vieux jeu, trop Québécois, et ils ont peut-être raison, ils ne manqueraient pas mon émission pour tout l'or du monde.

— Je ne comprends pas.

— Ils ont besoin de s'exprimer et je leur en fournis l'occasion. S'ils n'avaient pas mon programme pour se vider le cœur, ils seraient bien plus dangereux, crois-moi.

— Je trouve quand même extraordinaire que personne n'ait encore essayé de faire sauter cette station. Ou d'en assassiner le propriétaire...

— Elle accorde dix fois plus de temps d'antenne aux fédéralistes. Je suis le seul à donner l'autre côté de la médaille.

— Reste qu'on a attenté à ta vie une fois, on pourrait bien essayer de nouveau. Ça m'inquiète tellement que je n'en dors plus. Et pense à tes enfants; même eux ne te parlent plus.

— Je sais, et c'est bien ça qui me fait le plus de peine. Je n'ai pas peur pour ma peau : je suis vieux et j'ai eu une vie bien remplie, il serait à peu près temps que je ferme boutique. Mais de songer que toi et mes enfants puissent en souffrir...

— Bernard ne t'appelle plus depuis qu'il est au Maroc.

— C'est vrai, mais c'est loin le Maroc et ses fonctions de consul doivent le tenir bien occupé.

— Et tes deux filles? Elles sont ici, à Ottawa.

— Que veux-tu? Elles vivent toutes les deux avec des anglophones qui me détestent. Qui prend mari...

Ce n'était pas la première fois que Denise tâchait de convaincre son frère de renoncer à cette émission. Chaque fois elle avait échoué et elle savait parfaitement bien qu'elle gaspillait de nouveau sa salive. Mais elle essayait quand même, persuadée que son célèbre et bien-aimé frère courait des risques inutiles et qu'il aurait tout avantage maintenant à se retirer complètement de la vie publique, à se reposer enfin, à voyager un peu plus peut-être ou, simplement, à se livrer au doux plaisir de la lecture.

Quand Me Lemieux eut fini de siroter son deuxième café, Ouellette l'aida à s'emmitoufler dans son épaisse

couverture à carreaux, lui tendit ses gants, sa casquette écossaise et ses journaux du matin.
– Vous êtes sûr de ne pas vouloir un compagnon ?
– Tout à fait sûr, dit l'infirme d'une voix ferme.

À ces mots, le vieillard leva les bras, serra les poings comme pour rappeler ses muscles à leur devoir, empoigna les roues de son fauteuil et décampa. Sa fidèle Princesse collée à sa droite, il traversa la rue à la manière d'un coureur de marathon, s'engagea dans le parc et, en moins de dix minutes, atteignit la longue clôture de fer près de laquelle il avait coutume de s'installer. Une douzaine de mètres plus bas, la rivière des Outaouais et, sur l'autre versant, le quartier de Gatineau qu'on appelait autrefois Pointe-Gatineau, modeste village qu'inondait chaque printemps la crue des eaux et où, les beaux dimanches après-midi d'hiver, dès que la glace pouvait supporter leurs pas, lui et son ami Gaston allaient courir les filles. Comme il le connaissait bien, ce parc de Rockcliffe ! Comme il lui rappelait des souvenirs ! Si on lui avait dit soixante-dix ans passés qu'un jour il habiterait un quartier aussi huppé, jamais il ne l'aurait cru.

Bien emmitouflé, sa chienne paresseusement couchée à ses côtés, Me Lemieux commença la lecture de ses journaux :
– le gouvernement du Québec n'avait toujours pas décidé s'il reporterait les élections, mais la décision paraissait imminente ; la tragédie avait à toutes fins utiles mis un terme à la campagne ;
– une autre boîte postale avait sauté pendant la nuit devant un édifice gouvernemental du centre-ville d'Ottawa sans toutefois faire de victime ;
– à quelques rues de là, on avait découvert d'autres graffitis aux initiales OJC fraîchement peints en bleu sur des édifices publics ;

– les tribunes téléphoniques tant à Ottawa qu'à Montréal et à Québec étaient inondées d'appels provenant de personnes en colère contre l'inefficacité des forces policières ;
– le Premier ministre du Canada avait reçu celui du Québec à ses bureaux d'Ottawa, et un communiqué avait été émis peu après promettant de nouvelles mesures pour accroître la sécurité et accélérer les enquêtes ;
– un journal de Québec avait appris qu'un témoin important de l'explosion, qui n'avait été que légèrement blessé, avait mystérieusement disparu ;
– des avis de suspension avaient été remis à deux des gardiens qui avaient la charge de surveiller le *bunker* du Premier ministre Richard le matin de la tragédie ;
– en Ontario, la police avait interrogé une douzaine de *Patriots* à la suite de l'explosion, mais tous avaient d'excellents alibis.

Dans les pages d'opinions d'un quotidien de langue anglaise d'Ottawa, deux longs articles signés par des professeurs d'université. L'un invitait le gouvernement O'Brien à maintenir une attitude ferme à l'égard du Québec quoi qu'il arrive. « Advenant, lundi, un vote favorable au gouvernement Richard et à la sécession, disait l'auteur, Ottawa doit faire le mort et espérer que les choses aillent si mal pour le Québec que celui-ci revienne à plat ventre demander au Canada sa réintégration. Si James O'Brien était assez bête pour manifester de la faiblesse envers cette province qui nous a tant fait souffrir, il agirait en complice d'un acte illégal, jetterait sa carrière politique à l'eau et se couvrirait de ridicule. » L'autre universitaire estimait au contraire que si les Québécois sanctionnaient lundi le vote du gouvernement, Monsieur O'Brien devrait nécessairement négocier. « Et il devra le faire rapidement, disait le politologue, s'il veut éviter une crise économique majeure. Car le Québec peut tenir le coup plus longtemps qu'on ne le pense. »

Et l'émission ?

Bien sûr, l'animateur de *Let's Be Frank* devra se montrer encore plus prudent que d'habitude. Il pèsera soigneusement chacun de ses mots pour éviter d'aviver inutilement les passions. Il ordonnera à son équipe technique d'être particulièrement vigilante, de filtrer avec soin tous les appels pour exclure autant que possible les casse-pieds notoires. Il n'aura pas d'invité cette fois ; il fera une courte présentation et cédera aussitôt la parole aux téléspectateurs.

Il lui faudra bien quand même, dans sa présentation, donner honnêtement son point de vue. Après avoir condamné sans équivoque les auteurs de l'explosion et de tous les actes de violence commis au nom du nationalisme aussi bien québécois que canadien, il insistera sur le danger d'éclatement qui guette le Canada si le problème québécois n'est pas résolu et citera à ce propos l'ancien Premier ministre québécois Robert Bourassa qui voyait le danger surtout en Colombie-Britannique et en Alberta.

« Il y a une province qui pourrait peut-être se détacher du Canada sans trop de problèmes, avait dit Bourassa. C'est la Colombie-Britannique. À cause de son économie, de ses frontières naturelles – entre l'océan et les Rocheuses –, de son commerce vers l'ouest et le sud. » Comme l'Ontario, la Colombie rechignerait à financer les lointaines provinces maritimes, éternelles assistées canadiennes. À la tête de cette province, « on pourrait avoir quelqu'un qui dise : 'Bah! Le Canada[19]!' »

Et l'Alberta aussi pourrait être tentée. Me Lemieux rappellera une conversation entre le Premier ministre albertain de l'époque, Don Getty, et Robert Bourassa. Getty aurait dit à Bourassa que si le Québec partait, « cela pousserait toutes les provinces à revoir leurs options et la pression serait très forte, particulièrement sur l'Alberta et la Colombie-Britannique. Si le Canada comme on le connaît n'existait plus, cela voudrait dire qu'il faudrait étudier sérieusement d'autres options. Ce qui pourrait signifier une option nord-sud (donc avec les États-Unis), ou une option où la Colombie et l'Alberta pourraient s'unir pour contrebalancer le poids de l'Ontario[20]. »

Me Lemieux citera ensuite un ancien conseiller du Président américain Ronald Reagan, Pat Buchanan, qui invitait la Maison-Blanche « non seulement à ne rien faire pour empêcher l'éclatement du Canada, mais à tenter d'en tirer profit[21] » :

« En conformité avec l'intérêt national et les valeurs américaines, disait Buchanan, Washington pourrait déclarer que nous voulons maintenir de bonnes relations avec tous les citoyens du Canada, que nous n'avons aucune ambition d'annexer des provinces qui veulent rester au Canada ou devenir indépendantes, mais que les États-Unis recevront avec bienveillance toute requête d'un gouvernement provincial souhaitant

---

19. Lisée, Jean-François. *Le naufrageur, Robert Bourassa et les Québécois, 1991-1992*, p. 161.
20. *Ibid.*, p. 162.
21. Lisée, Jean-François. *Le tricheur, Robert Bourassa et les Québécois, 1990-1991*, pages 181 et 182.

s'associer ou se joindre aux États-Unis si les Canadiens devaient dissoudre leur fédération. Il n'y a pas de mal à ce que les Américains rêvent de devenir une république qui s'étendrait aux Maritimes et aux provinces de l'Ouest, au Yukon et aux territoires du Nord-Ouest, jusqu'au pôle Nord. »

C'est le message succinct mais lourd de sens que Me Lemieux livra ce soir-là, dès le début de son émission, dans un anglais parfait, sur un ton serein mais ferme. Il n'avait pas aussitôt terminé que toutes les lignes téléphoniques résonnaient :

« Le problème avec les Québécois, c'est qu'ils n'ont jamais accepté la défaite des plaines d'Abraham. Il faudrait bien qu'ils reconnaissent un jour qu'ils sont un peuple vaincu. »

« Les Canadiens français sont une espèce en voie de disparition. Pourquoi ne plient-ils pas bagage tout de suite ? Ça éviterait bien des ennuis à tout le monde. »

« Les pouvoirs réclamés par le Québec équivaudraient à l'anéantissement du pouvoir central. Mieux vaut laisser partir le Québec que de voir un Canada si décentralisé qu'il n'ait plus de moyens, plus de voix au sein des nations. Le reste du Canada saura bien survivre. »

« Si le Québec peut se séparer du Canada, pourquoi l'Ouest de Montréal ou le Pontiac ne pourraient-ils pas se séparer du Québec ? »

« Les Québécois ne forment plus une société distincte. Leur faible natalité et l'immigration des dernières années ont fait du Québec une province comme les autres. »

« Si les Québécois confirment lundi leur séparation, ce sera un acte révolutionnaire. Le Canada aurait le droit alors de prendre les armes. »

Etc., etc.

Comme d'habitude, Jacques Ouellette était à la porte de la station avec Prince et une demi-douzaine d'agents de sécurité dès l'émission terminée pour escorter l'animateur à son véhicule. Aussitôt dans sa fourgonnette, Me Lemieux ouvrit son téléviseur afin de connaître les dernières nouvelles. On annonçait que le cabinet de Monsieur Richard poursuivait une réunion spéciale commencée dans l'après-midi en vue de décider si oui ou non les élections devaient être reportées. L'Assemblée nationale ayant été dissoute et tout l'intérieur de l'hôtel du Parlement complètement ravagé, il n'était évidemment pas question de convoquer les députés. Mais le chef de l'opposition libérale, Bernard Craig, avait été aperçu à plusieurs reprises entrant et sortant du *bunker*.

À onze heures, lorsque Me Lemieux, épuisé, se retira enfin pour la nuit, à Québec une meute de journalistes faisait toujours le pied de grue devant la porte du conseil des ministres.

20. L'ATTENTAT

*J*OUR 4.

Le communiqué remis aux journalistes à deux heures quinze précises ce mercredi matin était on ne peut plus laconique :

« Après avoir siégé pendant douze heures, le conseil des ministres du gouvernement du Québec, d'accord avec le chef de l'opposition officielle, annonce qu'il a décidé de différer sine die *les élections générales prévues pour lundi prochain. Il considère l'avenir du Québec trop important pour demander aux Québécois d'en décider dans le climat de tension extrême qui prévaut depuis la tragédie de dimanche et profite de l'occasion pour inviter de nouveau la population à faire preuve de courage et de calme dans les moments difficiles que nous traversons. »*

De son côté, le gouvernement du Canada émettait presque au même moment le non moins bref communiqué que voici :

« Après consultation avec les premiers ministres des dix provinces, le gouvernement du Canada désire

annoncer qu'une conférence constitutionnelle se tiendra dès le début de l'an prochain. Il est confiant que les propositions qui seront alors présentées répondront aux aspirations légitimes de toutes les provinces, y compris le Québec, et qu'elles lanceront chacune d'elles dans une nouvelle ère de paix et de prospérité. »

À huit heures, quand Mᵉ Lemieux ouvrit son poste de radio, déjà les analystes disséquaient les deux communiqués. Pouvait-on vraiment croire que le gouvernement du Québec avait décidé de différer les élections à cause du « climat » ? N'était-il pas plus vraisemblable qu'il ait décidé d'annuler le scrutin à la suite de tractations de dernière minute avec Ottawa ? Car la colère des Québécois ne pouvait que lui être favorable électoralement : tout le Québec rageait, en particulier bien sûr contre les auteurs du crime, mais également contre l'ensemble du Canada anglais. L'annonce subite d'une prochaine conférence constitutionnelle ne pouvait être que le résultat de négociations *in extremis*.

Les journaux du matin par ailleurs, s'ils consacraient au report des élections d'énormes manchettes, n'offraient ni analyses ni commentaires, la nouvelle étant parvenue trop tard aux salles de rédaction. Mᵉ Lemieux mit quand même sous son bras ceux qu'il trouva à sa porte, prit son transistor, son ordinateur portable et partit en direction du jardin, bientôt rejoint par sa sœur Denise et son garde du corps Jacques Ouellette.

– Tu ne déjeunes pas ? demanda Denise.

– Non, je n'ai pas faim. Donne-moi seulement un café.

Le vieillard vida sa tasse en trois gorgées et dit à Ouellette sur un ton sec qui fit croire au chauffeur que son maître avait mal dormi :

– Je vais au parc et je prends Prince avec moi.

– Désirez-vous que je vous accompagne ? J'ai fait tous les petits travaux que vous m'aviez demandés ?

– Non.

– Bon, je n'insiste pas.

Puis, se rendant compte de sa brusquerie, le vieillard changea de ton :

– Rassure-toi, il n'y a pas de danger. La police est partout dans le quartier. Continue plutôt d'aider Denise au jardin. Il fait encore trop beau pour s'enfermer dans la maison.

C'était en effet une autre journée magnifique, la quatrième d'un exceptionnel été des Indiens dont on prévoyait malheureusement la fin prochaine. Comme le soleil n'avait pas encore réchauffé l'air frais du matin, Me Lemieux remonta sur ses épaules sa couverture à carreaux, se coiffa de son éternelle casquette écossaise et, en compagnie de son fidèle ami Prince, s'engagea dans le parc à bonne vitesse jusqu'à son lieu habituel tout près de la clôture bordant la falaise.

Le vieil animateur avait quelques bonnes raisons de se sentir en sécurité malgré l'indignation que son émission de la veille avait provoquée. Non seulement aurait-il Prince avec lui, mais Jacques Ouellette et Princesse ne seraient pas bien loin, il en était sûr. Qui plus est, tout le nord-est d'Ottawa, comprenant les édifices du Parlement, la résidence du Premier ministre, celle du Gouverneur général, plusieurs ambassades et consulats, était devenu une véritable forteresse depuis deux ans. La GRC avait triplé les patrouilles le long de la rue Sussex, sur la promenade traversant le parc de Rockcliffe, dans le parc lui-même et dans toutes les rues avoisinantes. Des agents sillonnaient même l'Outaouais en bateau sur plusieurs kilomètres. Au moment où le vieux, confortablement installé dans son fauteuil au sommet de la falaise, ouvrait son petit ordinateur pour obtenir sur Internet les dernières nouvelles, il était donc bien loin de se douter que, de l'autre côté de la rivière, un homme muni de puissantes lunettes d'approche l'observait.

En effet, dans la soirée qui avait suivi l'explosion de Québec, immédiatement après avoir jeté dans un trou le corps encore chaud de leur homme de main Donald Dubois et mis le point final à l'opération PQ - 13, les *Knights of Vengeance*, profitant du fait qu'ils étaient tous réunis à leur quartier général, avaient passé deux heures à planifier l'assassinat de cet être exécrable qu'ils se plaisaient à appeler «*the old bastard*». Après avoir examiné une bonne demi-douzaine de scénarios, ils en étaient finalement venus à la conclusion que la façon la plus sûre de parvenir à lui et de l'abattre, c'était par la rivière, à leur avis le point le plus faible de la cuirasse policière. D'ailleurs, ils comptaient déjà parmi les *Patriots* un homme parfaitement préparé pour une telle tâche, un dénommé William James Larson, de Hamilton, tireur d'élite et excellent nageur.

En gros, le plan serait le suivant : Larson observerait depuis la rive québécoise de l'Outaouais la fréquence des patrouilles sur la rivière et les habitudes du vieillard, se trouverait un endroit isolé à un ou deux kilomètres de là pour y cacher une barque et, le moment venu, s'y rendrait en camionnette, sauterait dans l'embarcation, accosterait à proximité de la falaise, abattrait le vieux, fuirait sous l'eau jusqu'à sa cachette et prendrait la poudre d'escampette. Restait à mettre au point les détails.

Un plan risqué, quelque peu farfelu peut-être, mais le seul qui parût offrir quelque chance de succès aux *Knights*, impatients de clouer à tout jamais le bec de ce vieux «*son of a bitch*». Un plan que Larson avait accepté avec d'autant plus d'empressement que le trésorier des *Knights*, Charlie Bell, qui avait entendu parler du franc-tireur lors d'une visite à Hamilton et l'avait chaudement recommandé au conseil, lui avait offert cinq mille dollars comptant et promis quarante-cinq mille dollars une fois le travail terminé.

Tôt le lundi, après avoir voyagé une partie de la nuit, Larson avait donc loué sous un faux nom une des chambres d'un modeste motel de Gatineau d'où il pourrait facilement apercevoir par la fenêtre, à l'aide de bonnes lunettes d'approche, le parc de Rockcliffe de l'autre côté, noter les habitudes du vieux et la fréquence des patrouilles en bateau. Bell avait dit à Larson avoir été informé que le juriste allait prendre l'air dans le parc presque tous les matins avec son chien mais, ce lundi-là, aucun signe du vieillard.

Vers midi, sa victime ne s'étant toujours pas pointée au sommet de la falaise, Larson était parti à la recherche d'un endroit où il pourrait laisser une barque et, le moment venu, y garer sa camionnette. Il avait trouvé un tel endroit à un peu plus de deux kilomètres du motel, hors du quartier habité : une petite baie isolée au bout d'un étroit chemin de terre. Au total, il aurait donc à parcourir sous l'eau, une fois sa besogne accomplie, tout près de trois kilomètres pour aller du pied de la falaise à cette baie. C'était beaucoup. Il lui faudrait, pensa-t-il, franchir une partie de la distance en apnée et le reste sa bonbonne sur le dos.

Le tueur avait consulté l'annuaire téléphonique pour savoir où se procurer le matériel nécessaire : embarcation, moteur, équipement d'apnée, bouteille de plongeur, etc. Il avait payé le tout comptant, s'était acheté un poulet frit sur le chemin du retour puis, l'ayant gloutonnement avalé, avait passé le reste de la soirée dans sa chambre à s'enivrer de gin en astiquant son arme – un fusil automatique de fort calibre muni d'un silencieux – devant un vieux western qui passait à la télévision.

Le mardi, le vieillard était apparu enfin au sommet de la falaise dès neuf heures en compagnie de son chien et y était demeuré jusqu'à midi, se déplaçant de temps en temps mais revenant toujours au même endroit précis, tout près de la clôture. Bien que Larson fût un tireur d'élite, impossible de penser pouvoir l'atteindre à pareille distance ; il devrait s'en approcher en bateau, escalader la falaise sans bruit, abattre le chien d'abord, le vieux ensuite, puis dévaler la pente, plonger, abandonner son arme et disparaître.

Un certain nombre de questions demeuraient néanmoins sans réponse. D'abord, combien lui faudrait-il de temps pour aller de la baie jusqu'au au pied de la falaise ? Combien de temps pour l'escalader ? Et si on retrouvait immédiatement la barque abandonnée, ne mettrait-il pas aussitôt la police sur sa piste ? N'augmenterait-il pas les chances de se faire prendre ? Enfin, devait-il escalader la pente avec sa bouteille sur le dos ou la laisser en bas pour ne la reprendre qu'une fois le vieux abattu ? L'escarpement était abrupt et la bouteille passablement lourde et encombrante.

Dans l'après-midi, son plan s'étant précisé, il avait résolu, pour plus de sûreté, de se livrer à un exercice. Il avait roulé son fusil dans un sac de plastique parfaitement étanche, placé l'embarcation et le moteur dans sa camionnette et pris la direction de la petite baie discrète qu'il avait trouvée. Après le passage du bateau-patrouille de la GRC, il avait sauté dans sa barque avec son fusil, traversé la rivière en droite ligne puis longé le bord à faible vitesse.

À quelque trois cents mètres de la falaise, il avait aperçu sur le bord deux grands cèdres presque entièrement déracinés par l'érosion, qui formaient sur l'eau un grand parasol vert, et songé qu'il pourrait, le jour venu, laisser là bateau et bonbonne, nager en apnée jusqu'à la falaise et, une fois le vieux abattu, revenir à la barque, prendre sa bonbonne et nager jusqu'à son véhicule. Rendu au pied de l'escarpement, il avait constaté qu'il était impossible de voir la clôture de là et en avait conclu que, pour avoir le vieux dans son champ de vision, il lui faudrait gravir la falaise presque au complet. Il avait caché son arme dans un épais buisson au pied de la côte et remis le cap sur la baie. Enfin son plan lui avait paru au point. À moins d'un événement imprévu, il le mettrait à exécution dès le lendemain matin.

Ce mercredi matin, Larson se leva dès l'aube, avala nerveusement deux bières et une pointe de pizza restée de la veille et s'installa à la fenêtre, ses lunettes fixées vers l'autre rive. Pas une âme dans le voisinage, le pêcheur qu'il avait aperçu le matin précédent et dont il craignait le retour ayant apparemment abandonné la partie. À neuf heures, la faible brume qui à l'aube couvrait la rivière s'était complètement dissipée et dans un ciel sans nuage brillait un soleil éclatant. À neuf heures cinq, Larson aperçut enfin dans sa lunette l'infirme arrivant seul avec son chien au sommet de la falaise et, au même moment, le bateau-patrouille de la GRC. Un agent à bord salua Me Lemieux de la main et celui-ci lui retourna le geste. Il ne repasserait pas avant deux heures.

Larson décampa aussitôt sans rien oublier de son équipement : hors-bord, masque, palmes et tuba, bonbonne, combinaison, ceinture de plomb, etc. Dix minutes plus tard, il laissait sa camionnette dans la baie sous un grand saule, plaçait son matériel dans l'embarcation et entreprenait la traversée en droite ligne. À trois ou quatre mètres du rivage, il bifurqua vers la droite et ralentit pour atténuer le bruit du moteur, puis, à l'abri des deux grands cèdres partiellement déracinés qu'il avait aperçus la veille, ancra son bateau et, avec casque, palmes et tuba, nagea jusqu'au pied de l'escarpement.

Le tueur ne fit d'abord que sortir la tête de l'eau. Masque levé, il scruta le voisinage et ne vit personne. Il émergea alors complètement et s'avança avec d'infinies précautions vers la rive. Ayant déballé le fusil qu'il avait caché entre deux pierres dans un buisson de ronces et de fleurs sauvages, il entreprit de gravir la pente.

Prince, qui n'avait pas bougé d'un poil jusque-là, ankylosé comme son maître par le soleil qui commençait enfin à réchauffer l'air frais du matin, se mit alors à grogner puis à aboyer. Quand il s'approcha tout au bord de la falaise, fou de rage et prêt à sauter, Larson l'aperçut et l'abattit d'une seule balle en plein front. Le vieillard vit avec stupeur son chien hurler de douleur et, sans réfléchir, s'avança lui aussi tout près de la clôture pour s'enquérir de la provenance du coup. Se trouvant alors dans le champ de vision du tireur, il reçut lui aussi une balle en plein front et tomba de son fauteuil, le visage sur le ventre pantelant de son chien ensanglanté.

Lorsque Mᵉ Lemieux avait quitté la maison à neuf heures avec Prince, le fidèle Ouellette l'avait discrètement suivi avec Princesse. De son poste d'observation éloigné d'une centaine de mètres, il avait vu le vieillard et son chien s'écrouler. Mais avant que lui-même ait pu réagir, Princesse, elle, était partie en flèche, avait atteint le sommet de la falaise en quelques secondes et plongé dans le vide.

Bien que robuste et d'une extrême agilité, Larson avait mis un peu plus de temps qu'il n'avait prévu à descendre l'escarpement. Au moment où il s'apprêtait à plonger, Princesse lui sauta dans le dos et le saisit à la nuque. Pendant quelques secondes, Larson se débattit dans l'eau avec la force du désespoir, criant comme un forcené. Puis, à bout de forces et à moitié noyé, il cessa de résister. Princesse, qui n'avait pas lâché prise une seconde, le traîna au bord et le garda là, couché sur les galets. Le voyant enfin inerte, elle retira ses crocs, posa fièrement sur sa poitrine ses deux pattes de devant comme un fauve sur sa proie et, tête levée, aboya plusieurs fois, sa bave dégoulinant dans le visage du tueur.

Ouellette arriva au pied de la falaise quelques secondes plus tard et, dans un geste de colère incontrôlée, tourna Larson si brusquement sur le dos qu'il lui disloqua l'épaule gauche. Puis, se rendant subitement compte qu'il fallait à tout prix sauver cet homme, il entreprit sur lui la respiration artificielle. Au bout d'une minute, Larson régurgita et se mit à tousser. Ouellette retira rapidement les cordons de ses bottes de cuir, lui lia les pieds avec l'un et, avec l'autre, lui ligota les poignets si solidement derrière le dos que l'assassin cria de douleur. À l'aide de son cellulaire il appela aussitôt la police puis envoya Princesse chercher Denise.

Celle-ci, en voyant la chienne accourir toute trempée et aboyant à pleins poumons, comprit tout de suite qu'un malheur était arrivé et cria à Gertrude de l'accompagner au parc. Apercevant dans une marre de sang le corps inerte de son frère et celui de Prince, elle perdit connaissance.

La police était arrivée lorsqu'elle reprit ses sens. Deux agents aidaient Larson à remonter la falaise, trois le surveillaient arme au poing et cinq autres, aidés de Ouellette et de Princesse, passaient la berge au peigne fin.

21. L'INTERROGATOIRE

Le sergent-détective Jim Tyler était un grand gaillard de quarante-deux ans, plutôt mince mais solide, ancien quart-arrière des Rough Riders d'Ottawa. Ex-membre de la Gendarmerie royale du Canada, il faisait partie depuis quelques mois seulement de la nouvelle brigade antiterroriste Canada-Québec dont le quartier général était à Rockcliffe, à moins de deux kilomètres de la résidence de Me Lemieux.

Un être assez spécial, ce Tyler. De belle apparence, jovial, bon père de famille, il pouvait, en présence d'un criminel, se transformer soudain en bête féroce. Des confrères disaient l'avoir déjà vu fracturer les deux bras d'un jeune vendeur de crack et, cinq minutes après, raconter les histoires les plus comiques comme si rien ne s'était passé. Ou cribler de balles un bandit et, peu après, déguster dans un restaurant un gros steak bien juteux. Bref, un homme de métier !

Son inséparable compagnon, le sergent-détective Jos Durand, trente-huit ans, avait lui aussi tabassé plus d'un suspect pendant ses douze années passées dans deux différents corps de police du Québec ; à deux reprises il avait été suspendu pour brutalité. Mais, physiquement, il ne pouvait être plus différent de Tyler.

Plus court que lui, plus robuste aussi, les cheveux taillés en brosse, les oreilles décollées, le nez écrasé, il avait bien plus l'air d'un lutteur professionnel que d'un fin limier.

Pourtant, depuis leur arrivée dans cette brigade antiterroriste, pas le moindre petit incident de violence ou de brutalité, pas le moindre accroc au code de déontologie. Deux parfaits gentlemen. Ce n'est pas qu'ils n'auraient pas eu envie parfois de botter des derrières avec des chaussures pointues ou d'enfoncer des visages et d'en arracher un à un tous les poils. Non, la tentation revenait souvent, lancinante, violente, quasi insurmontable quand le hasard les mettait en présence d'un récidiviste aussi impertinent qu'impénitent. Mais vaillamment ils résistaient, respectaient la consigne : « Pas de rudesse, pas de brutalité. Je ne veux pas leurs avocats sur mon dos », ne cessait de leur répéter le directeur Mathew Harris.

La grande horloge du quartier général indiquait dix heures quinze quand Larson fit son apparition, menottes aux poignets, tout couvert de boue et de sang, escorté par quatre policiers armés de mitraillettes et suivi d'un cinquième, le capitaine Roger Leduc, qui avait dirigé l'opération sur les lieux du crime. Tyler et Durand, mis au courant de l'attentat par radio dès l'arrestation, attendaient impatiemment au bureau du directeur. Pendant que deux policiers accompagnaient Larson vers une cellule et se postaient à sa porte, le capitaine Leduc se rendait directement au bureau du directeur.

– Asseyez-vous, dit Harris, et dites-moi tout ce que vous savez.

Leduc expliqua d'abord qu'il ignorait l'identité de l'individu. Vêtu seulement d'un maillot et d'une veste de plongeur, le tueur n'avait évidemment sur lui aucune pièce d'identité et refusait de se nommer. Il s'était approché de la berge à la nage et espérait de toute évidence s'enfuir de la même façon. On avait retrouvé l'arme qui avait servi au crime et, dans les buissons, un étui de plastique aux mêmes dimensions. Il avait escaladé la falaise pendant que Me Lemieux lisait sur Internet, avait abattu le chien puis le vieillard. Ayant entendu le bruit, l'autre berger allemand de l'ancien ministre avait sauté sur l'assassin au moment où celui-ci s'apprêtait à plonger. Ouellette avait retiré l'inconnu de l'eau et l'avait retenu jusqu'à l'arrivée des policiers. L'homme n'avait pas voulu répondre à une seule question. Sauf pour réclamer un avocat et se plaindre de l'épaule que Ouellette lui avait disloquée, il n'avait pas voulu dire un mot.

– Vous avez pris sa photo et ses empreintes ? demanda Harris.

– Oui. S'il a un casier, Colombo devrait pouvoir nous l'identifier rapidement.

On appelait « Colombo » le puissant ordinateur qui permettait d'identifier presque instantanément toute personne arrêtée, à condition bien sûr qu'elle eût un casier ou fût fichée quelque part. Alors qu'il fallait autrefois demander aux témoins d'un crime de parcourir des douzaines d'albums, d'examiner des milliers de photographies pour identifier un suspect, il suffisait maintenant d'insérer sa photo ou ses empreintes digitales dans l'ordinateur pour que celui-ci, par simple comparaison électronique, fournisse une identification rapide et sûre accompagnée du dossier.

– Bon. Je veux savoir qui est ce type-là dès que vous l'aurez identifié, dit Harris. Merci, Leduc. Donnez votre rapport à Colombo et informez-moi dès qu'il aura trouvé quelque chose.

Quand le capitaine eut pris congé, Harris quitta son fauteuil, prit Tyler et Durand par les épaules et leur dit à voix basse :

– Écoutez, les gars. Je reçois depuis deux jours des ordres qui viennent de haut, de très haut. Pas précisément des ordres, disons plutôt des vœux, des souhaits très, très « sentis », si vous comprenez ce que je veux dire. On nous voudrait plus efficaces. J'ai beau les assurer que nous faisons notre possible avec le peu d'hommes que nous avons et en respectant les règles, ils insistent, attendent des résultats, nous demandent de travailler vingt-quatre heures sur vingt-quatre s'il le faut. Tout le monde est affolé depuis l'explosion de Québec. On veut des arrestations et vite.

– Précisément, ça veut dire quoi, patron ? Que vous nous donnez carte blanche ? demanda Durand.

– Dois-je vous faire un dessin ? rétorqua Harris.

Il leur indiqua le moniteur sur son bureau.

– Vous connaissez cet appareil, dit-il. Vous savez que je l'allume pour suivre les interrogatoires importants dans la salle d'à côté. Eh bien, à partir d'aujourd'hui, je le garde fermé. Vous comprenez ?

– Compris, chef, répondit Tyler.

– Le bonhomme que nous avons, c'est un gros morceau. Il n'a certainement pas préparé ce crime-là tout seul, il a reçu des ordres de quelqu'un. Il faut donc que vous le fassiez parler, sinon c'est moi qui saute. Alors allez-y. Tâchez de ne pas trop laisser de marques, mais faites ce que vous devez faire. Bonne chance.

Tyler et Durand se rendirent d'un pas rapide à la salle d'examen pour s'assurer que tout était prêt : éclairage tamisé, un fauteuil pour Tyler d'un côté de la longue table étroite et de l'autre une chaise de bois pour Larson. Sur la table, une lampe puissante qu'on gardera éteinte jusqu'à l'interrogatoire, un magnétophone, un paquet de cigarettes, un verre d'eau, une feuille de papier, un stylo. La pièce est toute en longueur : environ trois mètres sur neuf. La table est à un bout et la porte à l'autre. À moins qu'il ne juge utile d'intervenir, Durand se tiendra debout près de la porte, immobile, silencieux. Le prévenu étant anglophone, c'est Tyler qui dirigera l'interrogatoire.

Larson entra dans la pièce flanqué de deux gardes armés. Comme il avançait d'un pas hésitant, les deux mains toujours menottées derrière le dos, l'un des deux policiers lui passa le canon de son revolver entre les fesses et, d'un coup, le projeta contre le bureau de Tyler.

– N'aie pas peur, lui dit ce dernier. Nous ne te ferons pas de mal. Assieds-toi devant moi et dis-nous ton nom.

Jugeant que Larson s'était assis un peu loin de la table, Durand s'approcha et le poussa si près de Tyler que les deux se retrouvèrent presque nez à nez.

– Sois gentil. Dis-nous ton nom, insista Tyler.
Aucune réponse.
– Tu dois bien avoir un nom, nous aimerions le connaître, dit Tyler en allumant à pleine puissance la lampe halogène sur son bureau et en la lui dirigeant directement dans les yeux.

Comme Larson, aveuglé, ne répondait toujours pas, Tyler le saisit par sa longue crinière et, avec toute la force de ses deux bras puissants, lui fracassa le visage sur la table. Quand le tueur releva la tête, il vit qu'il saignait du nez et de la bouche. Deux de ses dents reposaient dans une flaque de sang.

— Tu es jaloux de ton nom, je gage, lui dit Tyler. Tu as peur qu'on te le vole. C'est pour ça que tu ne veux pas nous le dire. S'il te plaît, dis-le-nous et nous t'enlèverons tes menottes.

— Al Capone, marmonna Larson, narquois malgré la douleur, en s'efforçant d'éponger sur son épaule droite le sang qui coulait de son nez et de sa bouche.

Le directeur Harris avait évidemment menti à ses deux hommes et eux le savaient bien. De son bureau, en compagnie du capitaine Leduc et de deux autres hauts gradés, il voyait tout sur son écran, entendait tout et pouvait même, s'il en voyait l'utilité, communiquer avec Tyler, celui-ci portant à son oreille un minuscule appareil lui permettant de recevoir les directives de son chef.

— Un bien beau nom, Al Capone, dit Tyler. Très original. Moi, je m'appelle John... John Diefenbaker. Tu peux maintenant partir. Quand tu auras décidé de nous parler, tu reviendras.

S'étant péniblement levé de sa chaise, Larson se dirigea vers la porte. Mais à mi-chemin, Durand, qui s'était quelque peu avancé, lui fit un croche-pied si bien mesuré qu'il tomba exactement là où le détective l'avait espéré : le front sur la poignée de porte.

— Comme tu marches mal ! lui dit le gros policier sans retirer de sa bouche son cigare éteint. Tu devrais faire plus attention. Viens, je vais t'aider à te relever.

Et il le releva d'un coup par son épaule disloquée.

Larson poussa un tel hurlement que Tyler, qui n'avait pas quitté son fauteuil, eut du mal à entendre ce que son chef lui disait à l'oreille :

– Jim ! Jim ! criait Harris dans le minuscule micro, nous savons qui il est. Il s'appelle William James Larson – on l'appelle couramment Bill Larson – et il fait partie des *Patriots* de Hamilton. Un dur de dur, excellent tireur et excellent nageur. Il a un dossier long comme le bras. Le chef des *Patriots* de Hamilton s'appelle Frank Potter. Continue l'interrogatoire, mais un peu plus doucement. Souviens-toi qu'on a besoin de lui. Et que je ne suis pas là...

Tyler demanda à Durand de ramener Larson à son siège.

– Assieds-toi, dit Tyler, et dis-nous qui tu es.

– John Smith, répondit Larson.

– Si tu me dis ton vrai nom, je t'enlève tes menottes et te permets de boire un peu d'eau. Je t'offre même une cigarette, lui dit le détective en approchant le verre et le paquet d'*Export A*.

– John Smith, persista Larson.

– Tu nous prends pour des imbéciles ? cria Tyler rouge de colère. Nous savons qui tu es. Ton nom est William James Larson, Bill Larson pour tes amis si tu en as. Tu fais partie des *Patriots* et tu demeures à Hamilton. Nous savons tout sur toi. Avoue que ton nom est Larson !

Devant le silence entêté du meurtrier, Tyler prit de nouveau ce dernier par la chevelure et lui rabattit le visage sur la table avec encore plus de force. C'est le front qui reçut cette fois le plus gros du coup, un front déjà tuméfié par la chute sur la poignée de porte. Une des deux dents demeurées sur la table s'incrusta dans la peau à la limite du cuir chevelu, et la tache de sang laissée sur la table s'agrandit.

– Oui, oui, je m'appelle Larson, dit-il en hurlant de douleur.

– Et tu fais partie des *Patriots* de Hamilton ?

– Oui.

– Et qui t'a donné l'ordre de tuer l'avocat Lemieux ?

– Je ne sais pas.

– Dis-moi qui t'a donné l'ordre ou je t'écrase encore le visage, cria Tyler en le saisissant de nouveau par les cheveux.

– Je ne sais pas son nom.

– Moi je le sais, dit Tyler, mais je veux que ça vienne de toi. Je compte jusqu'à cinq. Si tu ne m'as pas dit son nom à cinq, je t'écrase encore la face sur la table.

Il commença à compter lentement, resserrant toujours davantage sa poigne à chaque chiffre :

– Un... deux... trois... quatre...

À quatre, Larson cria d'une voix rauque, à demi étouffé par le sang qui coulait de sa bouche à sa gorge :

– Assez ! Assez ! Son nom est... Charlie.

Tyler s'efforça de ne pas paraître surpris.

– Charlie qui ?

– Je ne sais pas. On l'appelle seulement Charlie.

– Ce n'est pas Frank ? Frank Potter, ton boss à Hamilton ?

– Non.

– Où pouvons-nous trouver ce Charlie ? demanda Tyler sans lâcher prise.

– Je ne sais pas. Je ne sais pas où il est.

– Est-ce qu'il fait partie des *Patriots* ?

– Non... Peut-être... Je ne sais pas.

– Combien est-ce qu'il t'a donné ?

– Cinq mille dollars.

– C'est tout ?
– Il devait me donner le reste après.
– Combien ?
– Quarante-cinq mille.
– Où est-ce que vous deviez vous rencontrer ?
– À Hamilton.
– Où à Hamiton ?
– Dans un des locaux des *Patriots*.
– Je t'ai demandé où. Je veux l'adresse, cria Tyler en resserrant sa poigne.
– Rue... Church, 866A, répondit Larson en crachant du sang sur le plancher.
– C'est le quartier général des *Patriots* ?
– Non.
– Où est le quartier général ?
– Au 290A de la rue Anderson.
– Décris-le-moi, ce Charlie.
– Un homme dans la cinquantaine, la soixantaine peut-être, je sais pas... Il a les cheveux blancs.
– Il est grand ? Court ? Gros ? Petit ?
– Il est grand.
– Il est gros ou maigre ?
– Gros.
– Moustache ou pas de moustache ?
– Je ne sais pas.
– Pense ! Pense ! dit Tyler en le prenant cette fois par le cou. Dis-le ou je t'étrangle.
– Avec une moustache, répondit Larson péniblement. Une moustache et une barbiche.

Tyler desserra lentement l'étau autour de son cou et dit à Durand :

– Jos, fais-lui avaler une gorgée d'eau. Il l'a bien méritée.

Durand s'approcha, prit le verre et le porta aux lèvres boursouflées de Larson. Mais avant que Tyler ait eu le temps de se lever, Larson lui cracha en pleine figure toute l'eau et le sang qu'il avait dans la bouche. Tyler sortit de sa poche un grand mouchoir et s'essuya tranquillement la figure sans dire un mot. Durand s'élança pour frapper Larson derrière la tête, mais Tyler l'en empêcha en lui saisissant le bras.

– Non, faut pas, dit-il. Faut pas le blâmer. J'aurais fait la même chose. Viens, nous partons pour Hamilton.

Pendant que deux policiers en uniforme reconduisaient Larson à sa cellule, Tyler et Durand se précipitèrent au bureau du directeur.

– Patron, dit Tyler, je suggère que nous partions tout de suite pour Hamilton, Durand et moi.

– C'est arrangé, un jet vous attend. Pendant que vous serez là-bas, nous tâcherons d'en savoir plus long ici sur ce dénommé Charlie. Si Larson a dit la vérité, s'il nous a donné le vrai signalement, ça ne devrait pas être trop difficile.

– Colombo a parlé d'un certain Frank Potter. Avons-nous des renseignements sur ce type-là? demanda Durand.

– Oui. C'est un *Patriot* avec un lourd casier : trafic de drogue, vols de banque, vols avec violence, viol, etc. Nous venons de communiquer avec Hamilton. La police là-bas le connaît bien et part tout de suite à sa recherche.

– Difficile de croire que Charlie pourrait être un *Patriot*, dit Tyler. Un homme dans la cinquantaine, peut-être plus, gros et grand, cheveux blancs, avec moustache et barbiche... Pas précisément le motard classique !

– L'habit ne fait pas le moine, dit Harris. Je suis sûr que nous avons affaire à un des boss de l'organisation.

Nous allons de nouveau interroger Larson ici et tâcher de faire le portrait-robot de ce Charlie pour le soumettre à Colombo. Vite, partez ! Et restons en communication.

22. AUX TROUSSES DE CHARLIE

TYLER et Durand arrivèrent à Hamilton en début d'après-midi. Mise au courant par Mathew Harris, la Police provinciale de l'Ontario avait déjà trié sur le volet une douzaine d'hommes et fait une descente au 866A de la rue Church. Pas de Charlie, pas même un *Patriot*, seulement une chatte énorme – énorme d'avoir cédé aux avances d'un matou du quartier ou d'avoir bouffé trop de souris, difficile de le savoir – qui se déplaçait avec peine sur le plancher crotté et couvert de canettes de bière. Les policiers avaient visité aussi le quartier général de la rue Anderson. Pas de Charlie là non plus, ni de Potter, seulement deux motards éméchés qui, en voyant les agents faire irruption, se dégrisèrent instantanément et révélèrent sur-le-champ tout ce qu'ils savaient. Ils conduisirent les policiers à un cabinet plein de dossiers dans la cave, les informèrent que Potter était avec sa petite amie Rosy dans un chalet sur le bord du lac Ontario, qu'il n'était pas le seul « grand boss » des *Patriots*, seulement « un des boss », enfin, qu'il y avait un « grand boss » qui venait de temps en temps mais dont ils ignoraient le nom : « un vieux aux cheveux blancs, avec moustache et barbiche ». Le capitaine Larry Birks ordonna à deux de ses hommes de passer les menottes aux motards, de les emmener au poste avec les dossiers, puis partit avec le reste de sa troupe vers la maison de campagne où Potter était censé se trouver.

Selon les renseignements fournis par les deux motards, il fallait chercher un grand chalet jaune et brun situé entre Hamilton et St. Catharines, près d'un petit village appelé Peter Point, sur les bords du lac Ontario. Le village étant trop petit pour posséder son corps de police, les agents passèrent au magasin général y cueillir le propriétaire, maire en même temps, qui connaissait son patelin comme le creux de sa main et, grâce à lui, trouvèrent le chalet en un rien de temps. Personne dans les parages. Birks ordonna à ses hommes de s'approcher sur la pointe des pieds, cinq d'un côté, cinq de l'autre, et à son signal de faire irruption dans le chalet, revolver au poing.

Les policiers trouvèrent Potter et sa petite amie complètement nus sur un lit d'eau.

– *Who are you?* hurla Potter. *Get out of here! You have no right!*

– *Who are they?* cria la fille prise de panique, pliant ses jambes pour cacher son sexe.

– Nous sommes de la police, répondit Birks. Une vraie police avec de vrais fusils. Si vous pensez que ce sont de faux, voici la preuve...

Le capitaine tira un coup entre les jambes de Potter et un autre à quelques centimètres des fesses de Rosy. Giclant comme une fontaine, le lit se vida si rapidement que le couple se retrouva presque instantanément tel que des enfants dans une pataugeoire crevée.

– Habillez-vous, et vite! ordonna Birks. Vous êtes attendus au bal annuel des policiers.

Ayant reçu du capitaine Birks un bref compte rendu des événements dès leur arrivée à Hamilton, Tyler et Durand interrogèrent la jeune Rosy une vingtaine de minutes dans sa cellule puis la libérèrent en exigeant toutefois qu'elle demeure à leur disposition jusqu'à nouvel ordre. Puis ils conduisirent Potter à la salle d'examen, une pièce un peu plus carrée que celle de Rockcliffe mais guère plus éclairée, meublée seulement de deux chaises de bois et d'une table de métal. Sur celle-ci, une lampe éteinte, un magnéto et un verre d'eau. Dans un tiroir, un crayon, des feuilles de papier, un revolver et une matraque. Dans un coin du plafond, une caméra vidéo à peine visible. Tyler prit place d'un côté de la table et Potter de l'autre. Quand Durand se fut posté près de la porte, Tyler lui demanda d'appuyer sur l'interrupteur mural pour éteindre le plafonnier, alluma la puissante lampe de table et la braqua dans les yeux de Potter.

– Vous connaissez Bill Larson ? demanda Tyler.

– Non. Et vous ? lança le motard.

– Arrogant, ce jeune homme, dit Durand. Il va falloir l'élever.

Il s'approcha de Potter et, d'un coup sec, tira la chaise sous lui. Potter s'écrasa lourdement sur le parquet et, comme il avait les deux mains menottées derrière le dos, sa chute lui fit terriblement mal au bras gauche et au coccyx.

– Tu diras maintenant « monsieur » quand tu t'adresseras à nous, dit Durand en le soulevant brusquement par son bras blessé et en le rasseyant brutalement.

– *Go to hell !* lança Potter.

De nouveau Durand tira la chaise brusquement et de nouveau Potter s'écrasa lourdement sur le plancher.

L'ayant rassis, Durand poussa cette fois la chaise si près de la table que Potter sentit deux de ses côtes inférieures craquer.

– Tu vas maintenant répondre poliment aux questions du monsieur, dit Durand dans un anglais qui cachait mal son accent québécois.

– *French Canadian bastard!* hurla Potter. *We'll get you all one of these days!*

Puis, s'adressant à Tyler :

– *And you, man, how can you work with such a God damn frog?*

Tyler fit signe à Durand de ne pas répliquer.

– Je répète ma question : connaissez-vous Bill Larson ?

– Non.

– Alors comment se fait-il que lui vous connaisse ?

– Bien des gens me connaissent.

– Vous faites partie des *Patriots*?

– Vous savez pas lire ? C'est écrit là, sur mes deux bras, dit-il en montrant ses tatouages.

– Vous êtes le chef des *Patriots* de Hamilton ?

– Un petit chef.

– Si vous êtes un petit chef, il y en a de grands. De qui prenez-vous vos ordres ?

Aucune réponse.

– Je répète : de qui prenez-vous vos ordres ?

Voyant que Potter ne répondait toujours pas, il le prit par son épaisse chevelure et, comme il avait fait le matin même à Larson, lui rabattit le visage sur la table.

– *You, bastard!* hurla le motard d'une bouche meurtrie d'où coulait un filet de sang. Il s'appelle... Gerald Mortimer.

Tyler et Durand froncèrent les sourcils. C'était la première fois qu'ils entendaient ce nom.

— Je veux parler d'un autre de tes chefs, dit Tyler. Je vais te rafraîchir la mémoire. C'est un homme dans la cinquantaine, la soixantaine peut-être. Il a les cheveux blancs. Ça te dit quelque chose ?

— Non, rien.

— Laisse-moi t'aider encore. Il est gros et grand, il porte une moustache et une barbiche.

— Ça ne me dit rien.

— Tu mens, cria Tyler en le saisissant de nouveau par la chevelure et en lui écrasant plusieurs fois la tête sur la table de métal.

— Assez ! Assez ! supplia finalement Potter. Je sais de qui vous parlez mais je ne sais pas son nom. Nous l'appelons seulement « Charlie ».

— Et qu'est-ce qu'il vient faire ? Qu'est-ce qu'il te demande ?

— Il vient chercher l'argent.

— Quel argent ?

— Sa part des profits de la drogue.

— Et pourquoi tu payes ?

— Pour sa protection, imbécile ! Si je payais pas, je vivrais pas longtemps.

— Qu'est-ce qu'il te demande à part ça ?

— Rien.

— Tyler le saisit de nouveau par sa chevelure moutonnée.

— Non, non, ne recommencez pas ça ! supplia Potter. Je vais tout vous dire. Il vient une fois par mois, inspecte nos locaux, me pose quelques questions, s'assure qu'on respecte les règles et la philosophie du mouvement.

— Quelle philosophie ?

Potter se tourna vers Durand toujours debout près de la porte.

— Haïr les bâtards comme lui.
— C'est tout ce qu'il vient faire ?
— Des fois, il nous demande des hommes pour des tâches spéciales.
— Quelles sortes de tâches ?
— Je ne sais pas. Il ne nous le dit jamais.
— C'est lui qui vous a demandé Larson ?
— Oui, mais je ne sais pas pourquoi.
— Est-ce que c'est toi qui a fourni les hommes pour l'affaire de Québec ?
— Absolument pas. Non, jamais. Pas ça...

Tyler passa ses deux larges mains autour du cou de Potter et se mit à serrer.

— Arrêtez ! Arrêtez ! supplia le motard à demi étouffé. Je ne sais rien... de ça... Je ne...

Il perdit connaissance et tomba de sa chaise.

Tyler eut une peur bleue : il croyait l'avoir tué. Mais quand Durand lui lança au visage le verre d'eau demeuré sur la table, le motard reprit ses sens. On lui fit quelques pansements puis deux policiers l'escortèrent jusqu'à sa cellule.

Tyler et Durand, que les membres francophones de la brigade appelaient parfois Dupont et Dupond, du nom des inséparables détectives des aventures de Tintin, n'avaient pas aussitôt quitté la salle d'examen qu'une jeune secrétaire courait vers eux : « Messieurs, Messieurs, un appel urgent de votre directeur. Vous pouvez le prendre à l'écran-téléphone au bureau de notre chef. »

C'était en effet Mathew Harris. On venait d'identifier de façon certaine, à l'aide d'un portrait-robot, le grand et gros homme aux cheveux blancs, portant moustache et barbiche. C'était un comptable d'une petite municipalité près d'Ottawa, du nom de Charlie Bell. Ayant déjà été arrêté pour trafic de drogue, il était fiché et Colombo l'avait facilement reconnu.

– Nous venons justement de finir d'interroger Potter, dit Tyler. Il nous a confirmé que ce Charlie est un des grands boss de l'organisation, probablement le trésorier. C'est Charlie qui a recruté Larson pour le meurtre de Lemieux. Les *Patriots* sont tenus de lui payer de la protection. Et Potter nous a donné un autre nom : Gerald Mortimer, qui serait lui aussi un des grands manitous.

– Oui, je sais, j'ai assisté à l'interrogatoire sur mon écran, dit Harris. Encore une fois, vous n'y êtes pas allés de main morte ! Je me suis fermé les yeux... Je fais rapport à Pichette, à Québec, qui ne cesse pas de me talonner, et je pars avec Leduc et une vingtaine d'hommes. Nous allons voir si Charlie est chez lui.

– Est-ce que nous nous occupons de Mortimer ?

– Non, demandez aux gars de Hamilton de s'en occuper et revenez le plus vite possible. Nous avons besoin de vous ici.

– Je ne peux pas m'empêcher, patron, de penser à l'affaire de Québec, dit Tyler.

– Moi aussi, dit Harris. J'ai l'impression qu'on est sur la bonne piste. Dépêchez-vous de rentrer à Ottawa.

– Nous avons saisi un tas de dossiers chez les *Patriots*. On les rapporte ?

– Bien sûr. Ça peut nous aider. Nous allons éplucher tout ça.

23. LA DESCENTE

Mortimer était introuvable à Hamilton et Charlie Bell n'était pas chez lui non plus. Sous les ordres de Harris, les policiers fouillèrent de la cave au grenier l'élégant cottage de Bell près d'Ottawa, sans trouver quoi que ce soit d'incriminant : ni arme, ni munition, ni document pouvant les éclairer. Rien sauf deux photos dans un tiroir de commode. L'une montrait trois hommes en habit de chasse exhibant triomphalement la tête d'un orignal et arborant un grand sourire, mais elle était trop ancienne et floue pour qu'on puisse la soumettre à Colombo.

La seconde, par contre, était meilleure. Charlie y apparaissait avec un des deux hommes de la première photo, un type à peu près du même âge mais bien planté lui aussi, avec d'épais sourcils, des pommettes protubérantes et une forte mâchoire. Ils étaient en compagnie de deux jeunes femmes plutôt jolies qu'ils tenaient par la taille devant de grandes chutes, celles du Niagara vraisemblablement.

— Agrandis-moi ce bonhomme-là, dit Harris au caporal Mel Allen en lui montrant le compagnon de Charlie. Tu donneras ensuite l'agrandissement à Colombo.

La brigade disposait depuis peu d'un laboratoire mobile des plus sophistiqués qui permettait non seulement de développer et d'agrandir des photos sur place, d'analyser les empreintes digitales et diverses substances, il permettait aussi de faire appel à l'incroyable intelligence de Colombo. Si le compagnon de Charlie était fiché, Colombo le reconnaîtrait et afficherait rapidement son dossier à l'écran.

Quelques minutes plus tard, Colombo fit apparaître le message «DOSSIER INCONNU».

– Nous allons fouiller les dossiers américains, dit Harris au caporal. Les chutes sur la photo doivent être celles du Niagara, il est peut-être américain. Laisse-moi entrer mon numéro de code. L'autorisation ne devrait pas tarder.

Harris inséra son code secret et, deux minutes plus tard, le message suivant apparut : «CONSULTATION AUTORISÉE».

Colombo fit aussitôt apparaître deux photos, l'une de face, l'autre de profil, sous le matricule 9J278B3AL, puis, à la vitesse de l'éclair, débita des pages de texte. L'homme qui apparaissait en compagnie de Charlie Bell sur la photo s'appelait Jack Baker. Né dans l'Alabama d'un père membre du Ku Klux Klan et d'une mère disparue peu de temps après la naissance, Baker avait réussi à émigrer au Canada malgré un long casier judiciaire. Si Colombo était muet sur les activités de ce Baker au Canada, il consacrait des pages à ses crimes aux États-Unis.

– Décidément, on ne peut pas dire que ce Charlie fréquente des modèles de vertu ! lança Harris.

Puis, s'adressant de nouveau au caporal Allen :

– Si Colombo n'est pas mort de fatigue, tu vas lui demander un autre petit service. Dis-lui d'aller voir dans les dossiers de Bell Canada si ce Baker a une adresse dans la région d'Ottawa.

Colombo trouva cinq Jack Baker.

– Demande-lui encore de nous dire à qui Charlie Bell a téléphoné le plus souvent au cours des six derniers mois.

Charlie avait fait quelques centaines d'appels, presque tous en Ontario, dans la région d'Ottawa surtout mais aussi à Toronto, Hamilton, Brantford, Kitchener, London, Kingston et Peterborough. Les appels les plus fréquents étaient, dans l'ordre, à Renfrew, Almonte et Carleton Place, et les abonnés les plus souvent appelés se nommaient Jack Baker, Arthur Blake, Herman Boroff et Tony Barrett, ainsi qu'un certain John Taylor de Toronto.

Selon Colombo, des cinq Jack Baker inscrits dans l'annuaire téléphonique de la région d'Ottawa, le plus fréquemment appelé par ce Charlie Bell était celui d'un tout petit village de la région de Renfrew. Selon toute vraisemblance, c'était bien le Jack Baker recherché, mais pour plus de certitude et comme Harris avait également accès aux passeports, on demanda à Colombo de comparer la photo provenant des fichiers américains à celles de tous les Jack Baker titulaires d'un passeport canadien. Colombo mit trois minutes à répondre : c'était bien le même Jack Baker, aucun doute là-dessus, et il habitait au 126 du chemin Arlington, à quelques kilomètres de Renfrew.

Harris et ses hommes arrivèrent à Renfrew vers vingt heures dans des voitures banalisées, bientôt suivis du fourgon-laboratoire. Ils arrêtèrent au poste de la Police provinciale et prirent avec eux un dénommé Mike

Gomez, qui connaissait parfaitement la région et savait précisément où Jack Baker demeurait.

– Un citoyen paisible, ce Baker, assura Gomez. Tout ce qu'il y a de plus tranquille. Un sexagénaire à demi retraité qui a longtemps été l'un des entrepreneurs en construction les plus actifs de la région. Son équipement pourrit maintenant dans la cour. Il semble avoir beaucoup d'amis ; nous voyons souvent des voitures stationnées sur sa propriété.

Harris lui montra une des photos transmises par Colombo.

– C'est lui ? demanda-t-il.

– Tout à fait, répondit le policier. Mais qu'est-ce que vous lui voulez à ce monsieur Baker ? Qu'est-ce qu'il a fait ?

– Nous t'expliquerons plus tard, répondit Harris.

Les six voitures banalisées, toujours suivies du fourgon, tournèrent à gauche passé l'église de la United Church et s'engagèrent dans une route de campagne. À quelques kilomètres du carrefour, Gomez indiqua à Harris une enseigne jaune et noire, presque illisible tellement elle était défraîchie, affichant les mots *Baker Construction*. Les agents garèrent leurs voitures le long de la route, assez loin de la maison pour ne pas être aperçus, puis, fusils à l'épaule, bien cachés derrière les portières, ils attendirent les ordres.

Bien qu'ils eurent pris soin de ne faire aucun bruit, le doberman qui montait la garde, solidement enchaîné à l'un des poteaux de la galerie, flaira une présence étangère et aboya. Une fois, deux fois, trois fois... Au quatrième aboiement, un homme muni d'une lampe de poche apparut à la porte.

– C'est lui, souffla Gomez à l'oreille de Harris. C'est bien Baker. Je le reconnais.

Baker scruta le voisinage à l'aide de sa lampe et, croyant que son chien avait probablement vu un animal sauvage, il lui donna l'ordre de se taire et rentra.

Le doberman était parfaitement visible sur la galerie éclairée. Debout, les oreilles droites, le nez au vent et la queue oscillante, il continuait de flairer une présence mais, rabroué par son maître, se contentait maintenant de grogner en traînant nerveusement sa chaîne d'un bout à l'autre de la galerie.

– Il faut l'abattre, dit Harris à Fred Turner, le meilleur tireur du groupe. Mets ton silencieux et vise bien. Tu n'auras pas une deuxième chance.

Turner attendit que le chien s'immobilise, visa et, vlan ! en plein dans la gorge. La bête s'écroula sans même un cri. Harris prit son walkie-talkie :

– Écoutez-moi bien, les gars. Baker est rentré en éteignant derrière lui la lumière. Tout le rez-de-chaussée est dans l'obscurité mais il y a de la lumière au sous-sol. D'ici, je peux seulement voir deux soupiraux ; je suppose qu'il y en a quatre, peut-être plus. Holden, dit-il, tu vas faire doucement le tour de la maison et revenir me dire ce que tu vois au sous-sol.

Tom Holden était un des meilleurs hommes de la brigade antiterroriste. Agile comme un singe et capable de ramper avec la facilité d'une couleuvre. Au bout de dix minutes il était de retour.

– Chef, dit-il, il y a cinq hommes autour d'une table dans une grande pièce du sous-sol et six voitures derrière la maison. J'ai compté six soupiraux, chacun protégé par des barreaux, mais seulement quatre donnent sur cette grande pièce. Les cinq gars ont l'air de discuter fort.

– Ajustons nos montre, dit Harris. J'ai exactement vingt heures, seize minutes et dix secondes. À vingt heures trente exactement, Turner, Allard, Gagnon et Hade, vous allez partir et prendre position à chacune de ces quatre fenêtres, prêts à tirer s'il le faut. Le capitaine Leduc vous dirigera. À vingt heures trente-cinq, vous allez fracasser les vitres avec vos fusil et ordonner à chacun de placer ses mains sur la tête. Quand nous entendrons les vitres éclater, Holden, Brax, Lefebvre, Chang, Lemay, Keating et moi, nous ferons irruption au sous-sol. Gomez restera ici pour surveiller, Allen attendra au fourgon. Préparez-vous, nous partons. Et bonne chance à tous.

Les cinq terroristes figèrent de surprise et de peur en voyant les quatre soupiraux voler en éclats et les quatre canons de fusil braqués sur eux. Quand Harris et ses hommes apparurent dans l'escalier, vêtus de gilets pare-balles et revolver au poing, ils n'offrirent aucune résistance. On leur ligota mains et pieds, on les bâillonna sans retenue et on les fourra tête première sur la banquette arrière des voitures de police. Leurs noms : Jack Baker, Charlie Bell, Arthur Blake, Herman Boroff et Tony Barrett.

Incroyable tout ce qu'on trouva dans cette maison, les enquêteurs n'en crurent pas leurs yeux. Des tuniques et des cagoules comme celles du Ku Klux Klan américain, mais rouges, avec l'inscription *Knights of Vengeance* brodée en fil doré, des explosifs, des armes, des douzaines de coupures de journaux relatant et commentant l'explosion de Québec. Le coffre-fort contenait quantité de documents sur les *Knights* et les *Patriots*, révélant leurs structures, leurs activités, prouvant hors de tout doute que les *Patriots* étaient bien sous la gouverne des *Knights* et fournissant en plus des renseignements précieux sur plusieurs bandes rivales. Le registre du trésorier Charlie Bell indiquait combien chaque section des *Patriots* avait payé aux *Knights* et identifiait les débiteurs. On pouvait lire entre autres dans la colonne des débours : « Donald Dubois, 10 000 $ » et un peu plus loin : « Bill Larson, 5 000 $ ». Les noms de John Taylor, Bill Thompson, Gerald Mortimer et Peter Crosati revenaient à plusieurs reprises.

De toute évidence, les *Knights* en savaient énormément plus que la police sur les bandes criminelles petites et grandes de l'Ontario et du Québec. Aussi, après avoir soumis Baker et ses comparses à des interrogatoires pas tellement différents de ceux qu'ils avaient fait subir à Larson et à Potter, les enquêteurs étaient-ils assez bien renseignés pour effectuer, avec l'aide des polices locales, une série de descentes fructueuses des deux côtés de l'Outaouais, dont l'une au local d'une bande de motards de Hull et, grâce aux renseignements obtenus là, une autre particulièrement intéressante au repaire de trois punks de Gatineau : un hangar sordide au fond d'une cour, derrière une maison condamnée dont on avait barricadé portes et fenêtres à l'aide de planches.

Pas un chat quand le capitaine Leduc et les cinq hommes sous ses ordres firent leur entrée dans cette cabane, seulement quelques rats qui s'en donnaient à cœur joie dans les détritus et qui ne tardèrent pas à disparaître. Spectacle absolument dégoûtant. Sur le plancher de ciment jonché de mégots de cigarettes et de restes de nourriture, trois matelas sales couverts de journaux et de magazines. Dans un coin, une ancienne lampe sur pied demeurée allumée, dans un autre un téléviseur et un magnétophone sur une table de bois, dans un autre encore un vieux frigo contenant une pinte de lait, six bouteilles de bière et deux tablettes de chocolat. Sur un mur, près de la lampe sur pied à abat-jour de frange, la page centrale d'un *Playboy* et, entre les seins de la *Playmate*, la fléchette qu'un habile tireur avait logée là.

Leduc et ses hommes auraient préféré demeurer à l'intérieur pour attendre les occupants et les surprendre à leur arrivée, mais l'odeur était insupportable : un mélange de mari, de nourriture pourrie et d'urine. Ils se trouvèrent une cachette dans la cour et attendirent patiemment.

Enfin, un peu après minuit, ils virent une vieille Corolla bleue apparaître dans l'entrée de cour et s'arrêter devant le hangar. Trois jeunes gens vêtus de noir et coiffés de tuques en sortirent pour pénétrer aussitôt dans le hangar. Leduc s'approcha tout doucement, jeta un coup d'œil par la fenêtre donnant sur l'arrière mais ne put rien voir tant elle était sale. Aucune importance, l'opération promettait d'être la plus facile de la soirée.

Ce qu'elle fut d'ailleurs : pas la moindre résistance de la part des trois adolescents. Une mouche écrasée par un marteau-pilon.

– D'où venez-vous ? demanda Leduc en saisissant l'un d'eux par la tuque

– D'aller voir nos chums, de répondre le punk atterré, exhibant une longue chevelure rose, hirsute et sirupeuse.

– Et qu'est-ce que vous avez fait, vous et vos chums ? demanda Leduc en saisissant la tuque du deuxième, arrachant du même coup une partie de la crinière verte qu'elle cachait.

— Rien. On a fumé, répondit le punk en criant de douleur.

À cet instant, un des policiers qui avaient fouillé la Corolla et la cour rentra les bras chargés de pulvérisateurs de peinture bleue, tous vides.

— Regardez ce qu'on vient de trouver, capitaine!
— Vous avez trouvé ça où?
— Dans la bagnole et parmi des déchets.

Le troisième punk cachait sous sa tuque un crâne frais rasé sur lequel était peint en rouge un dessin qui semblait être une crête de coq. Leduc prit un pulvérisateur vide et le lui dirigea dans la figure.

— Vous faisiez quoi avec ça à part vous déguiser en coqs?
— Rien... On faisait rien que s'amuser...
— Vous vous amusiez comment? Qu'est-ce que vous faisiez? répéta Leduc en lui écrasant le nez avec le contenant.
— On faisait seulement...
— Vous faisiez quoi?
— Des graffitis...
— Quelle sorte de graffitis? Qu'est-ce que vous écriviez?
— Vous me faites mal, gémit le jeune homme. On va vous le dire... On écrivait nos initiales...
— Quelles initiales?
— OJC...
— Pourquoi?
— Parce qu'on trouvait ça le fun de faire parler de nous autres à la télévision...

Les trois punks s'appelaient Ouellet, Jolicœur et Chénier... Les initiales OJC ne voulaient donc dire ni Ordre de Jacques-Cartier, ni Ordre de Jésus-Christ, ni Organisation des jeunes chômeurs, ni Opération des jeunesses communistes... comme certains avaient pu l'imaginer. Elles étaient celles de trois désœuvrés plus pitoyables que dangereux, auteurs plus ou moins responsables d'une saga qui, cette nuit-là, se terminait en queue de poisson.

24. ÉPILOGUE

*J*OUR 5.

Tous les journaux rapportaient en gros titres la mort tragique de Mᵉ Lemieux et l'arrestation des principaux dirigeants des *Knights*. «NOUVEL ASSASSINAT – TERRORISTES ARRÊTÉS», disait l'un, «TERRORISTES DÉMASQUÉS», disait l'autre, «ARRESTATION DES AUTEURS DE L'EXPLOSION DE QUÉBEC», clamait un troisième.

Tous les médias faisaient état des conférences de presse données tard en soirée par le directeur Harris à Rockcliffe et, à Québec, par le directeur de la SNQ, Alain Pichette. Les journaux qui n'avaient pas envoyé leur propre représentant publiaient la dépêche suivante de la Presse canadienne en première page :

« La police croit enfin détenir les principaux responsables du terrorisme qui a frappé l'Ontario et le Québec ces dernières années, y compris les auteurs de la terrible explosion de l'hôtel du Parlement de Québec qui a fait quinze morts dimanche dernier. Hélas, pour réaliser ce formidable coup de filet, il a fallu aux enquêteurs un nouveau crime crapuleux : l'assassinat, hier, d'un octogénaire infirme, Mᵉ François Lemieux, ancien ministre, animateur controversé du plus populaire *talk-show* de la télévision canadienne.

« Selon la police, cinq des individus arrêtés sont des dirigeants d'une société secrète ontarienne, celle-là même qui a revendiqué l'explosion de l'hôtel du Parlement de Québec, les *Knights of Vengeance*. Ce sont : Jack Baker, 69 ans, Grand Maître *(Grand Master)* de l'organisation, Arthur Blake, 52 ans, secrétaire général, Charlie Bell, 61 ans, trésorier, Herman Boroff, 46 ans, et Tony Barrett, 49 ans, deux avocats qui remplissaient les fonctions de conseillers. Ils ont été arrêtés à leur quartier général près de Renfrew, à une centaine de kilomètres d'Ottawa, lors d'une spectaculaire descente de la brigade antiterroriste Canada-Québec.

« Toujours selon la police, les *Knights of Vengeance* étaient la tête occulte et toute-puissante des *Canadian Patriots*, la plus importante bande de motards de l'Ontario, avec des sections dans une demi-douzaine de villes importantes. La police recherche quatre autres individus, membres eux aussi de ce conseil suprême, qui servaient de liens entre les *Knights* et les *Patriots*. Leur arrestation serait imminente.

« La police dit détenir en plus le *Patriot* chargé par les *Knights* d'assassiner Me François Lemieux, animateur de l'émission *Let's be Frank*. Il s'agit de William James Larson, 35 ans, de Hamilton, arrêté sur les lieux du crime. Me Lemieux, amputé des deux jambes, a été abattu à bout portant hier matin dans son fauteuil roulant pendant qu'il lisait paisiblement dans le parc de Rockcliffe, près de sa résidence.

« En fouillant la maison des *Knights*, les policiers ont trouvé une foule de documents incriminant des bandes de motards, tant du Québec que de l'Ontario. C'est ainsi que la SNQ a pu arrêter tard hier soir, à Hull, cinq motards soupçonnés d'avoir fait sauter des boîtes à lettres dans la région d'Ottawa et causé quelques-unes des explosions survenues à Montréal. »

Plusieurs grands quotidiens renvoyaient le lecteur aux pages intérieures où chacun des éléments était repris et développé en détail. Les directeurs Harris et Pichette étaient abondamment cités, on analysait, commentait, extrapolait. On se demandait quand auraient lieu de nouvelles élections au Québec – avant ou après la conférence constitutionnelle dont le Premier ministre O'Brien venait d'annoncer la tenue. On rappelait à longueur de colonnes la carrière politique de Me Lemieux, ses dernières années au petit écran, on montrait de lui quantité de photos. Pour les prochaines éditions on irait sans doute photographier sa maison, l'endroit précis du crime, le quartier général des *Knights*, la chienne Princesse et quoi encore. On en parlerait pendant des semaines et des mois.

Mais, craignant sans doute le ridicule, la police ne soufflera mot des trois punks de Gatineau. Les graffitis cesseront et jamais le grand public ne saura la vérité. Motus et bouche cousue ! Et jamais non plus le grand public ne sera mis au courant d'un autre événement survenu presque en même temps à l'autre bout du Canada.

Car, un peu avant midi, un hélicoptère américain s'est posé sur la rive d'un lac privé des Rocheuses, du côté canadien, devant un grand chalet de bois rond, et deux hommes en complet gris et manteau noir en sont descendus, bientôt suivis du pilote, les bras chargés de bagages. Ce sont deux hauts fonctionnaires de Washington, Larry Buttler et Fred Smith, conseillers spéciaux du Président des États-Unis et spécialistes des questions canadiennes. Les visiteurs ont aussitôt été accueillis par deux Canadiens en tenue sportive : le chef du parti séparatiste de la Colombie-Britannique, Harry Tucker, et son adjoint Arthur Ritchie. Le parti s'appelle le *Western Free Alliance*. Des élections se préparent dans cette province et, selon les derniers sondages, le parti de Monsieur Tucker, favorable à une alliance avec les États-Unis, a toutes les chances de l'emporter.

— Soyez les bienvenus chez nous, a dit Tucker en accueillant les deux représentants de la Maison-Blanche. Nous vous attendions avec impatience.

— Très heureux de vous voir, a renchéri Ritchie. Ce sera un week-end superbe. On annonce encore du beau temps — c'est incroyable ! — et les truites sont en appétit, nous en avons fait l'expérience.

Les deux Américains les ont remerciés puis, s'arrêtant un moment en route vers le chalet pour admirer les pics majestueux, Buttler s'est exclamé :

— Ah ! Comme c'est magnifique ici ! Comme vous avez un beau pays !

— En effet, a répondu Tucker, c'est magnifique, l'Ouest...

— Et tellement plus calme que l'Est, d'ajouter en riant le Canadien Ritchie.

— Quel bel État américain ça ferait, n'est-ce pas ? a dit Buttler.

— Peut-être, a répondu Tucker. On verra bien. Mais ne brûlons pas les étapes. Commençons par aller manger puis taquiner ces belles truites qui nous attendent. Nous aurons tout le temps ensuite de parler de choses sérieuses...

BIBLIOGRAPHIE

page 39
« Préparation au mariage », Section Foyers Heureux, Centre catholique de l'Université d'Ottawa, 1953. Voir la deuxième leçon, paragraphes 60 et 62.

pages 41 à 45
GROULX, Lionel. *Mes Mémoires, tome 4, 1940-1967*, Montréal, Éditions Fides, 1974, 464 pages. Voir p. 252 à 255, 260, 261, 269 et 278.

pages 55 à 58
BRAULT, LUCIEN. *Ottawa, capitale du Canada de son origine à nos jours*, Ottawa, Éditions de l'Université d'Ottawa, 1942, 313 pages. Voir p. 64 à 68.

page 58
GERMAIN, Noël, s.j. « Franc-maçonnerie », *Encyclopédie Grolier*, Montréal, 1947. Voir p. 130 à 133.

pages 70 à 74
COMEAU, Paul-André. *Le Bloc populaire, 1942-1948*, Montréal, Éditions Québec-Amérique, 1982, 478 pages.

pages 81 à 88
Journal des débats du Sénat canadien, 21 juin 1944. Voir p. 227, 231, 232, 233 et 234 de la traduction officielle.

pages 90 et 91
The Evening Citizen et *The Ottawa Journal*, numéros des 22 et 23 juin 1944.

page 92
Le Droit, Ottawa, numéro du 22 juin 1944.

page 101
La Patrie, Montréal, semaine du 7 au 13 mai 1964.

pages 102 à 104
Le Devoir, Montréal, 3 mars 1965.

page 104
BRAULT, Lucien. *Sainte-Anne d'Ottawa – Cent ans d'histoire*, Ottawa, Imprimerie Beauregard Ltée, 1973, 80 pages.

page 144
SHER, Julian. *White Hoods, Canada's Ku Klux Klan*, Vancouver, New Star Books, 1983, 229 pages. Voir p. 23, 24 et 25. Bibliothèque municipale de Rosemont, cote 322.42097S.

page 199
L'Émerillon, mars 1941, Ottawa, Vol. 12, n° 3, 39 pages.

page 200
Le Jour, Montréal, 23 mai 1942. Directeur-fondateur : Jean-Charles Harvey.

GAGNON, Marcel-Aimé. *Jean-Charles Harvey, précurseur de la Révolution tranquille*, Montréal, Beauchemin, 1970, 378 pages. Voir p. 158 à 181. Citations : p. 176, 164, 173 et 161.

page 201
DUBÉ, Charles-Henri. « La vérité sur l'Ordre de Jacques-Cartier », *Magazine Maclean*, mai 1963. Source : Centre de recherche en civilisation canadienne-française de l'Université d'Ottawa.

page 201 à 203
CYR, Roger. « La Patente se meurt », *La Patrie*, mars, avril et mai 1964. Source : Centre de recherche en civilisation canadienne-française de l'Université d'Ottawa.

page 203
LALIBERTÉ, G. Raymond. *Une société secrète : l'Ordre de Jacques-Cartier*, Montréal, Éditions Hurtubise HMH, 1983, 395 p. Voir p. 364.

pages 212 et 213
LISÉE, Jean-François. *Le Naufrageur, Robert Bourassa et les Québécois, 1991- 1992*, Québec, Les Éditions du Boréal, 1994, 716 pages. Voir p. 161.

page 213
LISÉE, Jean-François. *Le Tricheur, Robert Bourassa et les Québécois, 1990-1991*, Québec, Les Éditions du Boréal, 1994, 578 pages. Voir p. 181 et 182.

Table des chapitres

PREMIÈRE PARTIE
LES JEUNES ANNÉES 7
1. La leçon d'hygiène 9
2. La confession 17
3. Le coup de téléphone 23
4. Le complot 33
5. Le pique-nique 47
6. De la grande visite 61
7. Les anticonscriptionnistes 69
8. Le sénateur maudit 79
9. L'initiation 93
10. La fin des haricots 101

DEUXIÈME PARTIE
CINQ JOURS EN 2012 107
11. L'explosion 109
12. La réunion du cabinet 117
13. Années sombres 127
14. Le rendez-vous 137
15. Le cul-de-jatte 155
16. Le pèlerinage 177
17. Le point de presse 185
18. Les vieux papiers 195
10. L'émission de télé 205
20. L'attentat 217
21. L'interrogatoire 227
22. Aux trousses de Charlie 239
23. La descente 247
24. Épilogue 257
Bibliographie 263

Dans la collection
Romans

- Jean-Louis Grosmaire, **Un clown en hiver**, 1988, 176 pages. Prix littéraire **Le Droit**, 1989.
- Yvonne Bouchard, **Les migrations de Marie-Jo**, 1991, 196 pages.
- Jean-Louis Grosmaire, **Rendez-vous à Hong Kong**, 1993, 276 pages.
- Jean-Louis Grosmaire, **Les chiens de Cahuita**, 1994, 240 pages.
- Hédi Bouraoui, **Bangkok blues**, 1994, 166 pages.
- Jean-Louis Grosmaire, **Une île pour deux**, 1995, 194 pages.
- Jean-François Somain, **Une affaire de famille**, 1995, 228 pages.
- Jean-Claude Boult, **Quadra. Tome I. Le Robin des rues**, 1995, 620 pages.
- Jean-Claude Boult, **Quadra. Tome II. L'envol de l'oiseau blond**, 1995, 584 pages.
- Éliane P. Lavergne. **La roche pousse en hiver**, 1996, 188 pages.
- Martine L. Jacquot, **Les Glycines**, 1996, 208 pages.
- Jean-Eudes Dubé, **Beaurivage. Tome I**, 1996, 196 pages.
- Pierre Raphaël Pelletier, **La voie de Laum**, 1997, 164 pages.
- Jean-Eudes Dubé, **Beaurivage. Tome II**, 1998, 196 pages.
- Geneviève Georges, **L'oiseau et le diamant**, 1999, 136 pages.
- Gabrielle Poulin, **Un cri trop grand**, 1999, 240 pages.
- Jean-François Somain, **Un baobab rouge**, 1999, 248 pages.
- Jacques Lalonde, **Dérives secrètes**, 1999, 248 pages.

Ottawa, P.Q.
est le cent quatre-vingt-quatrième titre
publié par les Éditions du Vermillon.

Conception de la couverture
Jean Taillefer
Infographie
Christian Quesnel
Photographie de l'auteur
La Presse
Montréal
Composition
en Bookman, corps onze sur quinze
et mise en page
Atelier graphique du Vermillon
Ottawa (Ontario)
Films de couverture
Impression et reliure
Imprimerie Gauvin
Hull (Québec)
Achevé d'imprimer
en février de l'an deux mille
sur les presses de
l'imprimerie Gauvin
pour les Éditions du Vermillon

ISBN 1-895873-90-8
Imprimé au Canada